W0272326

N&K

Lukas Hartmann

27. 9. 97

Lukas Hartmann
Der Konvoi

Roman

Nagel & Kimche

© 1997 Verlag Nagel & Kimche AG, Zürich/Frauenfeld
Alle Rechte der Verbreitung, auch durch Film, Funk und Fernsehen, fotomechanische Wiedergabe, Tonträger, elektronische Datenträger und auszugsweisen Nachdruck, sind vorbehalten.
Umschlag von Urs Stuber
unter Verwendung eines Gemäldes von Ernst Ludwig Kirchner
Gesetzt in Garamond bei Tau Type, Bad Sauerbrunn
ISBN 3-312-00228-1

Kein Unterschlupf

Nicht sich verstecken
vor den Dingen
der Zeit
in die Liebe

Aber auch nicht
vor der Liebe
in die Dinge
der Zeit

Erich Fried

Prolog

Juni 1915

Die beiden Lazarettzüge sollten sich, von Genf und vom Bodensee kommend, auf freiburgischem Boden, in der Nähe von Düdingen, kreuzen. Die Behörden hatten beschlossen, die großen Bahnhöfe zu meiden, und einen Halt auf offenem Feld angeordnet. Dennoch sprach sich rasch herum, wo der vorgesehene Kreuzungsort lag; aus den umliegenden Dörfern kamen sie, alte Männer im Sonntagsgewand, Frauen mit Strohhut, ihre Kinder an der Hand; sie wollten mit eigenen Augen sehen, was dieser Krieg bedeutete, sie wollten dabei sein, wenn sich Franzosen und Deutsche, die einander zu Krüppeln geschossen hatten, auf neutralem Boden begegneten.

Als der erste Zug, der deutsche mit den französischen Kriegsgefangenen, langsam heranfuhr, hielten Soldaten auf beiden Seiten des Bahndamms die Zuschauer von den Wagen fern. Und doch drängten sie sich, Körper an Körper, hinzu, so nahe, wie sie konnten, schauten hinauf zu den Zugfenstern, an denen sich Menschen zeigten wie aus schlimmen Träumen, Gesichter, die nur noch Klumpen waren, blutige Augenbinden, einbandagierte Köpfe, Hälse im Gips. Hier und dort wurden die Scheiben heruntergeschoben, manche versuchten zu lächeln, zu lachen; einer rief überlaut: *Bonjour, les Suisses!* Das brach den Bann; Stimmengesumm antwortete ihm, man warf den Invaliden durch die offenen Zugfenster kleine Geschenke zu, Zigarettenpäckchen, Zigarren, Schokoladentafeln, sogar Körbchen mit Himbeeren. Vieles verfehlte das Ziel, blieb zu Füßen der Soldaten liegen.

Ein Korporal befahl Samuel Brülhart und zwei andern Rekruten, die Geschenke aufzusammeln und sie in den Lazarettwagen zu verteilen. Widerwillig, mit vollgestopften Taschen stieg Samuel die Tritte hoch; eine Rotkreuzschwester ließ ihn vorbei durch den Vorraum ins Abteil mit den Pritschenbetten. Samuel schlug ein Gestank entgegen, den er nie vergessen würde, es roch nach Schweiß, nach Eiter, Desinfektionsmitteln und nach etwas noch Ekelerregenderem, das Samuel an Aas erinnerte, an den toten, schon halb verwesten Fuchs, den er einmal im Wald gefunden hatte: So roch also zerschossenes und zerfetztes Menschenfleisch.

Einer auf einer obern Pritsche sagte mit hellem A, er habe schon sechzig Tafeln Schokolade gehortet.

Zigarren seien ihm lieber, lachte sein Nachbar, zeigte zwanzig, dreißig Schweizer Stumpen, die er mit heilen Händen umfasst hielt; er hasse dieses gestrickte Zeug, diese Socken und Schals, die man ihnen auf-

nötigen wolle; im Winter, im Schützengraben, da hätte er sie gebrauchen können.
Samuel bezwang seinen Schwindel, wich dem Unrat, den zerquetschten Himbeeren aus, die im Mittelgang lagen, verteilte, was er bei sich hatte.
Der Korporal rief die Rekruten zurück. Draußen, wo's nach Ruß und Schmieröl roch, war Samuel dankbar für alles Unversehrte.

Eine Viertelstunde später traf der andere Zug ein und hielt auf der Höhe des ersten an, so dass die Wagen mit den Deutschen und Franzosen einander gegenüberstanden. Zu beiden Seiten des Bahndamms, wo die Zuschauer standen, wurde es still. Was zwischen den Zügen passierte, sah niemand genau; man hörte nur die Grußworte, die hin und her gingen.
Warum sollen wir uns hassen?, sagte einer mit leerem Ärmel, der aus dem Fenster schaute, zu Samuel.
Als die beiden Züge sich wieder in Bewegung setzten, sah es aus, als löse sich einer mühsam vom andern; dann fuhren sie in entgegengesetzten Richtungen davon.

12. November 1918, Mittag

Noch am Vorabend war's ruhig gewesen im Dorfschulhaus, und Samuel hatte sich zur Nacht aufs Stroh gelegt wie schon oft; aber er wusste, dass es bald losgehen würde gegen die Roten. Im Morgengrauen kamen die Befehle. Samuels Kompagnie marschierte nach Bern, am Rücken den Tornister, dessen Fell sich vollsog im Nieselregen; mit jedem Schritt verstärkte sich das Ziehen in den Oberschenkeln. Es nützte nichts, an Martha zu denken; ihr Bild war schon wieder verblasst. Ein schwacher Nebel trübte die Vorstadtfassaden; auch die abgeernteten Schrebergärten boten den Blicken keinen Halt.

Samuel erinnerte sich an seine erste Fahrt in die Hauptstadt; er hatte sich an der Hand des Vaters festgehalten, um nicht in den vielen Menschen zu ertrinken. Das zweite Mal war er siebzehn gewesen, ein Seminarist, der mit seiner Klasse das Bundeshaus besichtigte; die grüne Kuppel kam ihm fremdartig vor, orientalisch, und das Gerede im Parlament verstand er nicht. Später träumte er von den Bären im Bärengraben, er war einer von ihnen und doch keiner, denn er hatte sich nur mit einem Bärenpelz verkleidet.

Die Kolonne zog sich in die Länge; Leutnant de Weck trieb zur Eilc an, die Letzten sollten im Laufschritt aufschließen. Sie erreichten das Brunnmattviertel, folgten den Tramschienen zur Innenstadt. Immer mehr Leute standen mit Schirmen am Straßenrand. Die meisten klatschten Beifall; von vereinzelten Arbeitergruppen wurden die Soldaten ausgepfiffen und verspottet.

Was für ein Gewimmel auf dem Bahnhofplatz! Man setzt den Stahlhelm auf, lädt den Karabiner; man marschiert ins Gejohl hinein und darf sich nicht vor den Pferden der Dragoner fürchten. In einer Reihe mit den andern drängt Samuel die Demonstranten zurück. Zwischen Köpfen und Schirmen sieht er sie näher kommen, zwei Frauen im Mantel und einen bärtigen Mann, der alle überragt. Das müssen sie sein, die Bolschewiken; die ältere der beiden Frauen ist wohl die Balabanoff, die berüchtigte Revolutionärin, die überall den Umsturz predigt. Harmlos sieht sie aus; das Rot des Nelkenstraußes, den sie trägt, ist das Unverschämteste an ihr. Ein paar Füsiliere bahnen den Russen eine Gasse. In kleinem Abstand, gerade so, dass sie noch die Lücke ausnützen können, folgen zwei Hoteldiener mit Gepäckkarren; auch sie werden beschimpft, verschwinden hinter andern Körpern, alles ist Bewegung, Verwirrung, Geschrei, und plötzlich fliegt ein kleiner, runder Toilettenkoffer, den jemand vom Karren gerissen hat, in die Luft, öffnet sich beim Fallen; es regnet Kämme und Döschen, ein Briefbogen segelt langsam zu Boden.

Hier haben sich staatstreue Bürger versammelt, keine streikenden Arbeiter; sie sind trotz der spanischen Grippe gekommen, mit der man sich so leicht anstecken kann, sie sind gekommen, um dabei zu sein, wenn man die Russen endlich aus dem Land jagt. Zu lange haben die Behörden gezögert, schwach und willfährig sind sie geworden in vier Jahren europäischem Krieg; der Krieg hat die Schweiz verschont, aber am Ende dennoch in einen Strudel von Hunger und Aufruhr gerissen. Und nun muss man ausgerechnet die Russen vor Bürgern beschützen, deren Wut man teilt.
Samuel hört aus dem wachsenden Lärm seinen Namen heraus. Er fährt herum, schlägt die Absätze zusammen, konzentriert sich auf den Mund des Leutnants, der sich unter dem dünnen Schnurrbart bewegt.
Füsilier Brülhart! Was stehen Sie herum wie ein Ölgötze? Los, helfen Sie den andern, holen Sie die verdammten Russen hier heraus und bringen Sie sie zum Treffpunkt!
Zu Befehl, Herr Leutnant!
Samuel kämpft sich, den Gewehrkolben gebrauchend, ein Dutzend Schritte weit bis zu den Russen vor, die von den Demonstranten immer wieder zur Kirche abgedrängt werden. Jemand hat der Balabanoff die Nelken entrissen; sie schimpft und gestikuliert; drei, vier Damen in Pelzstolen schreien auf sie ein. Beim umgestürzten Gepäckkarren, im Zentrum

eines unübersichtlichen Gewühls, steht der Bärtige; er hat mit beiden Armen einen verschnürten Karton umklammert, an dem mehrere zugleich zerren, und ruft auf Deutsch, mit hartem Akzent: Das ist Diplomatengepäck, bitte sehr! Ohne auf ihre Buhrufe zu achten, zwingt Samuel die Demonstranten, die Schachtel loszulassen. Neben ihm sammelt die junge Russin, um die sich ein freier Raum gebildet hat, die verstreuten Toilettensachen zusammen und verstaut sie in den Fächern des Koffers. Samuel sieht die gebogene Linie ihres Rückens, er sieht, dass sie einen nassen Brief in der Hand hält; plötzlich hat er das Bedürfnis, ihren Mantel, der sich glockenförmig um sie gebreitet hat, vor Nässe und Schuhspuren zu bewahren. Er geht auf sie zu, um sie zur Eile zu mahnen; gleichzeitig lenkt ein Dragoner-Korporal sein Pferd durchs Gewühl hindurch gegen die Russin. Sie erschrickt, lässt, sich aufrichtend, den halb vollen Koffer wieder fallen. Es sieht aus, als wolle der Korporal sie niederreiten; empört greift der Bärtige dem Pferd in die Zügel. Die Russin läuft in der andern Richtung davon. Samuel, der sie im Auge behalten hat, setzt ihr nach. Sie scheint von kleinen Gruppen, auf die sie zurennt, aufgesogen und wieder weggestoßen zu werden; dann verschwindet sie hinter einem Tramwagen, und Samuel glaubt schon, sie sei ihm entkommen, da sieht er ihren schwarzen Mantel mit dem schwingenden Saum vor dem Schaufenster eines Schuhgeschäfts, sie blickt sich um, flüchtet in die Sackgasse zwischen zwei Häusern. Die Gasse ist menschenleer; Samuel hält an, unterdrückt sein Keuchen, hört nichts als fernes Stimmengewirr und plötzlich einen Schuss. Auf gut Glück reißt er die nächste Haustür auf, späht hinein in einen leeren Flur; dann erst getraut er sich zum Eingang des Hotels Jura. Er überwindet sich, die Glastür aufzustoßen, geht am Portier, am Empfangschef vorbei, und dort, in der überheizten Eingangshalle, zwischen Kübelpalmen, findet er die Russin. Sie sitzt in einem Sessel, als wäre sie ein Hotelgast, sie hat sich den Pelzhut aus der Stirn geschoben, den Mantel geöffnet, und sie schaut Samuel angstvoll an.

Die Dame, sagt der Empfangschef von seinem Pult aus, ist unberechtigterweise bei uns eingedrungen.

Kommen Sie mit!, befiehlt Samuel der Russin.

Verzeihen Sie, sagt sie in akzentfreiem Deutsch, Ihr Helm wirkt so kriegerisch. Wohin bringen Sie mich?

Verblüfft fasst Samuel an den Helmrand. Das wissen Sie doch. Sie müssen zurück nach Russland.

Die Züge fahren gar nicht, heute beginnt ja der Generalstreik. Sie neigt beim Sprechen den Kopf, zwinkert stark; ihre Wimperntusche hat sich aufgelöst und die Haut unter den Augen verschmiert.

Samuel senkt das Gewehr. Kommen Sie jetzt. Wie Sie zur Grenze gebracht werden, weiß ich nicht.

Sie steht mit einer fließenden Bewegung auf, knöpft sich den Mantel zu, dessen Pelzbesatz, von nahem gesehen, ebenso abgeschabt ist wie ihr Hut; sie hebt die

Arme und schüttelt sie leicht, damit die Ärmel nach vorne fallen. Die Leute auf der Straße hassen uns, sagt sie. Aber Sie werden mich beschützen, nicht wahr? Der bittende Ausdruck in ihren Augen verstärkt sich, doch zugleich bekommt sie um die Mundwinkel einen spöttischen Zug.
Sie sollten sich nicht wundern über die Stimmung auf der Straße, sagt Samuel. Wir wissen, dass Sie zu den Drahtziehern des Streiks gehören.
Ach was! An dem, was die bürgerliche Presse über uns schreibt, ist kein wahres Wort. Man hat uns verleumdet, von Anfang an.
Er weist mit dem Gewehr zum Ausgang. Sie gehorcht widerspruchslos, geht ihm durch die Halle voran; der Portier öffnet ihnen die Glastür.

Nach ein paar Schritten in der feuchten Kälte wendet sie sich halb zu Samuel um und sagt mit einem kleinen Lächeln, halb spöttisch, halb kokett: Ich heiße Hélène, Hélène Gogobaridse, wenn Sie das interessiert.
Sie spricht den Vornamen französisch aus, mit schwebender dritter Silbe, doch Samuel germanisiert ihn sogleich für sich, tauft sie um in Helene, mit offenem Schluss-e; das klingt vertrauter, ihren zungenbrecherischen Nachnamen kann er sich ohnehin nicht merken.
Ich bin Übersetzerin, Übersetzerin und Lehrerin. Sie bleibt stehen, wohl um den Moment hinauszuzö-

gern, da sie auf den offenen Platz hinaustreten muss. Ich habe Dokumente übersetzt und die Kinder an der Botschaft unterrichtet.
Beinahe entfährt es Samuel, dass er im Zivilleben auch Lehrer sei, Dorfschullehrer, doch wie weit weg ist das schon; verschwommen tauchen Schülergesichter vor ihm auf, die schwarze Ordenstracht seiner Kolleginnen; Dämmerlicht und Stallgeruch an einem Wintermorgen. Aber er sagt nichts, tritt dicht neben sie; unbehelligt von den Demonstranten überqueren sie den Platz, und die Russin strengt sich an, auf Samuels Höhe zu bleiben.
Als sie das Bahnhofportal erreichen, fährt eben eine Limousine vor; um sie ist ein freier Raum, den Soldaten gegen die Demonstranten abschirmen. Zwei Männer in schwarzen Mänteln steigen aus. Samuel verlangsamt seine Schritte. Ich werde mein Bestes tun, Herr Legationsrat, hört er den einen sagen. Aber wäre es nicht klüger gewesen, diesen de Diesbach von diplomatischen Aufgaben fernzuhalten?
Generalsbefehl, antwortet der andere mit einem Schulterzucken, wir haben uns dem Primat der militärischen Dummheit zu fügen. Verlieren Sie nicht den Kopf, Herr Doktor, viel Glück.
Die beiden Männer schütteln sich die Hände; der erste streift Helene, die, wie Samuel, ein paar Sekunden stehen geblieben ist, mit einem forschenden Blick.
Wer war das?, fragt die Russin, als sie die Halle betreten.

Ich weiß es nicht, sagt Samuel.
Wachtposten weisen ihnen den Weg zum Treffpunkt.
Ja, sagt einer von ihnen, es sei geschossen worden, aber nur in die Luft.
Vor der Schwingtür zum Wartesaal erster Klasse stapelt sich das Gepäck der Russen. Helene bleibt plötzlich stehen, so abrupt, dass Samuel beinahe mit ihr zusammenstößt, und mustert das Gepäck.
Mein Toilettenkoffer ist nicht dabei, sagt sie, man hat ihn gestohlen.
Sie haben ja noch gar nicht richtig gesucht.
Sie beugt sich zu ihm; ihre lichtgrauen Augen verengen sich vor Empörung. Lassen Sie mich gehen, ich will nicht zurück zu diesen Barbaren!
Auf einmal erscheint sie ihm schön, schöner als Martha, die er doch gebeten hat, seine Frau zu werden; einem Mädchen, mit dem man aufgewachsen ist, macht man eines Sonntags, bevor man wieder einrücken muss, einen Heiratsantrag, so läuft es im Leben.
Nehmen Sie Vernunft an, sagt er halblaut. Wohin wollen Sie denn? Meine Kameraden werden Sie mit Respekt behandeln.
Ihr Parfüm riecht fremd; es ist nicht Kölnisch Wasser, das er von Martha kennt, es ist etwas ganz anderes, streng und süß, von einer niederziehenden Schwere; er nimmt den Duft in sich auf und hängt ihm sekundenlang nach.
Mach vorwärts, Brülhart, nörgelt einer der Soldaten,

die das Gepäck bewachen, die Dame wird erwartet. Samuel starrt auf die Milchglasscheibe, hinter der Silhouetten ineinander fließen wie Tintenflecken. Dann packt er die Russin am Handgelenk und stößt die Tür auf.

Die Luft im Wartesaal war zum Schneiden dick, der Stimmenlärm betäubend. Dreißig Russen oder mehr, in Schach gehalten von Soldaten aus Samuels Einheit, drängten sich in der hinteren Hälfte des Raums zusammen; ein paar Frauen saßen in roten Samtsesseln an der Seitenwand. Sie begrüßten Helene erleichtert; diese kauerte sich, als wolle sie sich kleiner machen, neben eine von ihnen, fasste nach der Hand des Mädchens, das zu ihr gehörte. Die Balabanoff dagegen stand, ihr Taschentuch ums Handgelenk gewickelt, in der Mitte des Raums und versuchte, sich beim Leutnant Gehör zu verschaffen. De Weck beachtete sie nicht; er hatte eine Liste in der Hand und las stockend Namen davon ab, auf die jeweils mehrere Stimmen zugleich antworteten. Erst als sich Samuel, der bei der Tür stehen geblieben war, zum dritten Mal meldete, unterbrach er seinen Appell und drehte sich mit fragender Miene um: Füsilier Brülhart? Was wollen Sie?
Samuel deutete auf Helene. Ein scheuendes Pferd hat sie erschreckt, deshalb ist sie weggelaufen. Ich habe sie zurückgeholt.
Gut gemacht, Brülhart, endlich zeigen Sie einmal Ini-

tiative. De Weck ließ sich Helenes Namen nennen, fuhr mit dem Zeigefinger der Liste entlang, forderte sie auf, lauter zu reden, noch lauter, bitte schön.
Sie wollen uns einschüchtern, Herr Offizier, unterbrach ihn die Balabanoff auf Französisch. Warum tun Sie das? Sie und Ihre Soldaten haben den Auftrag, uns zu beschützen. Mich haben Sie nicht beschützt, sehen Sie nur! Sie wies die Unterseite des Handgelenks vor, über die sich eine blutige Schramme zog, presste wieder ihr Taschentuch darauf. Das war die Spitze eines Schirms. Ich brauche einen Verband.
Bei uns geht es um Leben und Tod, Madame, sagte der Leutnant mit einer ärgerlichen Geste, und Sie beklagen sich über einen Kratzer. Seien Sie froh, dass wir Sie lebendig hierher gebracht haben.
Die Toten, Monsieur, entgegnete die Balabanoff, gehen aufs Konto der Bourgeoisie. In Ihrem Land sterben die Arbeiter nicht auf dem Schlachtfeld, sie hungern, und darum gehen sie wie Fliegen an der Grippe ein.
Wollen Sie uns auch noch die Schuld an der Grippe zuschieben?, fragte der Leutnant ungehalten.
Nicht an der Grippe, aber am Hunger. Die Balabanoff schlug sich mit der flachen Hand auf den Bauch. Man muss blind sein, wenn man die Zusammenhänge nicht sieht. Auch bei Ihnen haben die Kriegsgewinnler die Preise derart in die Höhe getrieben, dass sich die Armen nicht einmal mehr das tägliche Brot leisten können.

Der Leutnant drehte sich von ihr weg, glättete die Liste, die er im Zorn zusammengeknüllt hatte; doch Helene flüsterte der Balabanoff etwas zu, und diese zwang den Leutnant mit einem lauten *Monsieur!*, sich ihr noch einmal zuzuwenden: Die Genossin Gogobaridse vermisst einen Teil ihres Gepäcks; sorgen Sie dafür, dass es wieder zum Vorschein kommt.
Noch während de Weck nach einer Antwort suchte, flog die Tür auf, und ein Oberst in Reitstiefeln stürmte herein. Ihm auf dem Fuß und gleichsam in seinem Schatten folgte der Mann in schwarzem Mantel und mit schwarzem Hut, der Samuel draußen schon aufgefallen war.
Der Knall der zusammengeschlagenen Absätze brachte die Russen zum Verstummen; Leutnant de Weck meldete dem Oberst das vollzählige Détachement der sowjetischen Gesandtschaft, zur Abfahrt bereit. Der Oberst musterte die Soldaten sekundenlang mit seinem durchdringenden Blick, dem keine Reglementswidrigkeit entging, kein offener Kragenknopf, kein schief aufgesetztes Käppi; dutzendfach war Samuel an Inspektionen diesem Blick ausgeliefert gewesen, auf endlosen Märschen, bei denen der Oberst zu Pferd irgendwo gewartet und von den erschöpften Männern mehr Haltung gefordert hatte, durchgestreckte Rücken, hochgeworfene Beine. Doch diesmal waren es die Russen, vor denen der Oberst sich aufpflanzte. In forschem Ton gab er bekannt, er habe den Auftrag, die Ausgewiesenen so schnell wie möglich zur

deutschen Grenze zu bringen; seine Männer würden diesen Auftrag erfüllen, koste es, was es wolle. Doktor Jacob vom politischen Departement – der Zivilist, der unauffällig neben den Oberst getreten war, deutete eine Verbeugung an – werde für die reglementarische Abwicklung des Transportes sorgen, Leutnant de Weck sei verantwortlich für dessen Sicherheit.

Wie reisen wir denn?, fragte einer der Russen. Wollen Sie uns etwa einen Fußmarsch zumuten?

Ein kurzes, böses Gelächter durchquerte wie ein Windstoß den Wartesaal; doch der Oberst hielt sich im Zaum. Ich kann Sie beruhigen, meine Damen und Herren, wir haben alles Nötige vorgekehrt. Da, wie Sie wissen, der Eisenbahnverkehr lahm gelegt ist – nicht zuletzt dank Ihrer gütigen Mithilfe –, hat sich die Armee gezwungen gesehen, ein paar Automobile von Privaten zu requirieren. Sie stehen draußen für Sie bereit, zusammen mit zwei Camions, die ihr Gepäck aufnehmen werden.

Eine Spritzfahrt ins Grüne, sehr schön! Der Bärtige hatte sich dem Oberst auf Armlänge genähert.

De Diesbach wich einen halben Schritt zurück. Sie haben keine Vergnügungsreise vor sich. Unser Land befindet sich am Rand des Bürgerkriegs, es besteht Gefahr, dass Sie zu Schaden kommen.

Oder dass man uns befreit! Davor haben Sie doch noch am meisten Angst. Die Balabanoff sprach mit schneidender Stimme; sie war neben Helene getreten,

die nun auf der Sessellehne saß und dem Mädchen übers Haar strich.
Um Zwischenfällen vorzubeugen, sagte de Diesbach zur Balabanoff, habe ich eine Route befohlen, auf der man die größern Städte umfährt; so gehen wir dem umstürzlerischen Gesindel, mit dem Sie leider sympathisieren, am besten aus dem Weg.
Der Bärtige setzte zu einem Protest an; doch der Oberst ließ sich nicht mehr unterbrechen, er merkte auch nicht, dass Doktor Jacob ihn warnend am Ärmel berührte. Ich habe, fuhr er fort, zu Ihrem Schutz folgende Maßnahmen befohlen: Erstens, Sie werden während der Fahrt die Ihnen zugewiesenen Fahrzeuge unter keinen Umständen verlassen. Zweitens, die Waffen sind scharf geladen, die Begleitmannschaft wird bei der geringsten Provokation das Feuer eröffnen.
Seine Worte gingen unter in Zwischenrufen, erbostem Gelächter. Samuel sah sich gleichsam selber zu, wie er, de Wecks Befehlen gehorchend, die Russen zurückstieß, wie er mit andern vor dem Oberst einen Kordon bildete; der wahre Samuel hätte viel lieber Helene beschützt und sie aus dem Wartesaal geführt, zurück zum Hotel Jura mit seinen Samtvorhängen, oder vielleicht hätte er's doch nicht getan, denn sie war eine Bolschewikin, und die Bolschewiken sind die Feinde der Demokratie, Atheisten, denen nichts heilig ist, man muss sie sich vom Leibe halten; das hatte auch Pater Felix im Seminar gesagt.

Gedämpft miteinander redend, standen die Russen wieder an der hintern Wand. Der Dünne mit dem kränklichen Gesicht meldete sich zu Wort; er lege bei der Schweizer Regierung Protest ein gegen diese völkerrechtswidrigen Zwangsmaßnahmen; er verlange Papier und Feder, um den Protest schriftlich festzuhalten. Helene versuchte das weinende Mädchen zu beruhigen, summte zum Trost ein paar Töne eines Liedes, und gleichzeitig hörte Samuel, dass Doktor Jacob, unmittelbar in seinem Rücken, dem Oberst halblaut Vorhaltungen machte; man dürfe, verstand er, die sowjetischen Diplomaten nicht wie Spitzbuben und Verbrecher behandeln; sonst gehe es im Gegenzug den Schweizern in Russland an den Kragen. De Diesbach widersprach; Doktor Jacob insistierte; der Oberst stieß hervor: So haben Sie Ihren Willen, Herr Doktor!, dann salutierte er und marschierte hinaus.

Doktor Jacob gab den Soldaten ein Zeichen, die Gewehre zu senken, und wandte sich in beinahe freundschaftlichem Ton an die Russen. Es werde, sagt er, nichts so heiß gegessen wie gekocht; Herr Oberst de Diesbach sei ein tüchtiger Offizier, aber etwas heißblütig. Geschossen werde allenfalls aus Notwehr, und man werde während der Fahrt selbstverständlich in regelmäßigen Abständen einen Halt einschalten.

Das wollen wir hoffen, erwiderte der Bärtige, auch er um ein paar Grade milder gestimmt; sonst müssten wir euch am Ende eure Automobile voll pissen. Er

lachte dröhnend, die andern stimmten ein, sogar die Balabanoff verzog ihren Mund.
Der Dünne, auf den die Russen offensichtlich hörten, war dicht neben Doktor Jacob getreten. Ich verstehe Ihre Regierung nicht, sagte er in makellosem Französisch, sie benimmt sich, als ob die Arbeiterschaft Tod und Mordschlag propagieren würde. Dabei will sie nichts anderes als kürzere Arbeitszeiten und eine angemessene Vertretung im Parlament. Ist es nicht unvernünftig, so berechtigte Forderungen zu diffamieren?
Doktor Jacob verzog das Gesicht, als wolle er einen lästigen Schmerz unterdrücken. Es geht nicht um die Ziele, Herr Botschafter, sagte er, es geht um die Methoden. Wir lassen uns nicht durch einen Streik erpressen.
Der Dünne schüttelte bedauernd den Kopf. Sie bauschen einen sozialen Konflikt zur Machtprobe auf. Das wäre nicht nötig.
In diesem Augenblick schnitt der Leutnant, der ein paar Sätze lang seine Ungeduld gezügelt hatte, dem Botschafter das Wort ab und sagte zu Doktor Jacob, dass sie schleunigst aufbrechen müssten, es sei schon bald zwei Uhr.
Jacob nickte; der Leutnant forderte die Russen auf, sich geordnet hinauszubegeben. Samuel hielt ihnen die Tür offen, aber eigentlich wartete er nur auf Helene, die als eine der Letzten, hinter der Balabanoff, den Wartesaal verließ. Als sie schon draußen

war, drehte sie sich zu Samuel um und sagte schmeichlerisch: Sie kümmern sich doch um meinen Toilettenkoffer, nicht wahr? Samuel versagte sich ein Nicken; doch als sie weiterging, durchmusterte er hastig den Gepäckhaufen neben der Tür. Koffer und Schachteln aller Größen gehörten dazu, verschnürte und versiegelte Bündel, aufeinander getürmt, ineinander verkeilt; man müsste sie öffnen, den Inhalt ausbreiten, da lägen alle ihre Geheimnisse vor ihm. Samuels Hand fuhr über Schweinsleder, abgewetzte Kofferecken, Kartondeckel; fremd roch das Gepäck, nach Tee und Gewürzen, und doch auch vertraut, nach dem Speicher zu Hause, wo das Mehl lag. Könnte das hier, ein handliches Ding mit zerbeultem Deckel, ihr Toilettenkoffer sein? Samuel ruckte am Griff; die darüber liegenden Gepäckstücke gerieten ins Rutschen; er schob sie zurück, um den Gepäckberg am Einstürzen zu hindern.
Was tust du da?, fragte ihn der wachhabende Füsilier. Das Gepäck wird erst nachher aufgeladen.
Er müsse etwas Bestimmtes suchen, sagte Samuel; ein Korporal, der kleine Riedo, kam zurückgestiefelt und drohte ihm Arrest an, wenn er sich jetzt nicht spute. Samuel hastete den andern hinterher, durch den Seitenausgang ins Milchgässchen, wo die requirierten Automobile standen, hochrädrige Limousinen und Coupés, dazu zwei Militär-Camions mit verdreckten Scheinwerfern, umgeben von Soldaten und Zivilisten. Der Leutnant wies den Russen grüppchenweise

ihre Fahrzeuge zu, doch dauernd änderte er die Aufteilung; kaum waren sie eingestiegen, mussten sie wieder aus dem Auto klettern und in der feuchten Kälte warten, bis er sich neu entschieden hatte; bei jedem neuen Aufteilungsversuch blieben zwei, drei Russen übrig, für die er keinen angemessenen Platz gefunden hatte. Zudem beklagten sich einige über den Zustand der Fahrzeuge, forderten für sich, einer Erkältung oder ihrer schwachen Konstitution wegen, Seitenscheiben, ein regendichtes Verdeck; und weil de Weck sich weigerte, auf Sonderwünsche einzugehen, wurde das Durcheinander immer schlimmer.

Samuel tut, als habe er, von Wagen zu Wagen gehend, den Auftrag, die Insassen zu zählen. In einem geschlossenen Coupé entdeckt er endlich Helene, allein, den Mantel aufgeknöpft und um sich gebreitet; der Stoff ist gar nicht wirklich schwarz, er ist schimmernd grau, mit einem zarten Fischgrätmuster, und der Pelzkragen scheint sich eigens für ihn aufzufächern in seiner strähnigen Fülle. Helene lächelt flüchtig, als sie Samuel hinter der Scheibe erkennt; doch jetzt steigt, von der andern Seite her, jemand zu, ein Mann mit langen Beinen, die er anzieht und querstellt, bis seine Knie Helenes Mantel berühren; Samuel geht weiter mit leerem Kopf, läuft in Korporal Riedo hinein, der ihn anschnauzt: Für dich Wagen zwei, Brülhart! Hast du's nicht gehört? In jeden Wagen kommt einer von uns als Bewachung. Mach vorwärts, der Leutnant dreht sonst durch. Er schiebt Samuel vor sich her, dem Konvoi entlang; verzerrt spiegeln sich Uniformen im nassen Lack der Schutzbleche. Dann sitzt er plötzlich, er weiß nicht wie, auf dem Vordersitz eines Automobils, dessen Motor schon läuft, er sitzt neben einem Fahrer, der ihn angrinst und seinen Namen nennt: Zosso, Paul Zosso. Samuel nimmt das Gewehr zwischen die Knie; hinter ihm sitzen der Botschafter und eine Frau mit dunklem Oberlippenflaum, zwischen ihnen das Mädchen, das Helene getröstet hat.

Füsilier Brülhart, sagt der Leutnant durchs halb offene Fenster, Sie lassen bei jedem außerplanmäßigen Vorkommnis sofort anhalten und verständigen mich an der Spitze des Konvois. Wiederholen Sie!

Vor ihm, unangenehm nahe, dieses glatte Gesicht mit dem dünnen Schnurrbart, diese Maske, die man aufkratzen und herunterreißen möchte; doch Samuel wiederholt, wie man's ihnen eingedrillt hat, den Befehl auf Hochdeutsch und schämt sich vor dem russischen Paar für seinen bäurischen Akzent.

Der Leutnant wendet sich Doktor Jacob zu, der neben dem vordersten Wagen steht; hinter sich, inmitten unverständlicher Sätze, glaubt Samuel ein Lachen zu hören. Er dreht sich um, sagt ruppig: Sprechen Sie Deutsch oder Französisch. Alles Übrige gilt von nun an als Konspiration.

Nach einem Moment der Verblüffung antwortet der Mann in geläufigem Deutsch: Mein Name ist Ber-

zine. Jean Berzine. Ich bin, wie Sie wissen, der Leiter der russischen Mission. Dies ist meine Frau, Rosa Berzine. Unsere Tochter heißt Maria.
Samuel weicht seinem Blick aus, hält aber dem des Mädchens stand.
Ich bin Lette, fährt Berzine fort, meine Frau ist Russin, wir geraten in unsern Gesprächen vom Russischen ins Lettische, ohne dass wir's merken. Wollen Sie uns den Gebrauch unserer Muttersprache verbieten?
Samuel schweigt. Das Mädchen in seiner graziösen Ernsthaftigkeit erinnert ihn an seine Schwester, als sie acht- oder neunjährig war; immer wieder strich er, der Ältere, ihr damals das Haar aus der Stirn; er fand, sie sei zu hoffärtig, und sie verspottete ihn deswegen.
Lass sie doch reden, wie ihnen der Schnabel gewachsen ist, sagt der Fahrer. In ein paar Stunden sind wir sie los.
Ein Geschiebe von Körpern draußen, Stimmen; die hintere Tür wird geöffnet; ausgerechnet die Balabanoff steigt zu, vermischt ihr Russisch mit französischen Brocken; Samuel errät, dass es ihr im Wagen, in den man sie zuerst platziert hat, zu eng geworden ist. Die Berzines rücken zusammen; Maria wird von der Mutter auf den Schoß gehoben, wo sie ein paar Sekunden sitzen bleibt. Dann rutscht sie halb herunter und verlangt etwas in quengelndem Ton; die Balabanoff mischt sich ein; Maria beginnt zu weinen; Samuel glaubt mehrmals den Namen Hélène oder

Elena zu hören. Die Balabanoff lehnt sich zur offenen Tür hinaus und ruft Doktor Jacob herbei. Das Mädchen, sagt sie, sei unglücklich ohne seine Lehrerin, sie wolle ihren Platz mit Hélène Gogobaridse tauschen. Auf Jacobs Einwand, der andere Wagen sei für Damen weniger komfortabel, antwortet sie mit einem wegwerfenden Lachen. Sie steigt aus; wenig später erscheint Helene, setzt sich auf den äußersten Rand der hinteren Sitzbank. Maria zwängt sich sogleich neben sie, legt den Kopf an ihre Schulter, und obschon Frau Berzine ihr zuzureden scheint, doch auf ihrem Schoß zu bleiben, bleibt das Mädchen eigensinnig, wo es ist, so dass sie nun zu viert, eng aneinander gepresst, auf der Hinterbank sitzen und Berzine unbehaglich seine Schultern einzieht.
Neben mir ist noch Platz, sagt Samuel zum Erstaunen der Berzines; es ist ein Fremder, der plötzlich aus ihm redet, ein weltläufiger junger Mann, der weiß, was er will, es ist der Mann, der Martha am Waldrand vor zwei Wochen geküsst hätte, statt ihr einen Heiratsantrag zu machen.
Viel Platz ist es auch nicht, sagt Rosa Berzine; ich denke, er reicht gerade fürs Kind. Sie redet wieder auf Maria ein; das Kind klammert sich, das Gesicht im Mantel vergraben, an Helene fest, bis der Vater es an den Schultern packt und mit listigem Ausdruck an sich zieht. Eine Weile lässt er Maria strampeln und schluchzen; dann sagt er zu Samuel: Helfen Sie mir bitte, *Monsieur!* Er hebt den Kinderkörper, die

Beine voran, über die Lehne. Samuel nimmt ihn entgegen wie ein unwillkommenes Geschenk, setzt Maria, trotz ihres Sträubens, zwischen sich und den Fahrer, der ihr den Kopf tätscheln will; doch sie schlägt seine Hand weg und stößt auf Französisch hervor: Mit dir spreche ich nicht.
Mit mir auch nicht?, fragt Samuel und neigt das Gewehr stärker von ihr weg.
Mit niemandem von euch, sagt Maria und starrt vor sich hin, als sei sie eine Gefangene.
Samuel macht mit den Lippen ein prustendes Geräusch, das seine Schwester immer zum Lachen brachte. Vielleicht wird ihn Helene freundlicher ansehen, wenn er Maria aufheitern kann; dabei müsste er sich in Acht nehmen vor den Bolschewikinnen, etwas Störrisches und Stolzes ist an ihnen, das Martha fehlt, eine Energie, die ihren Rücken strafft und ihre Schritte auf merkwürdige Weise taktfest macht. Aber als Helene vor ihm davonlief, hatte sie Angst, sie hatte Angst vor seinem Helm und seinem Gewehr.
Wir fahren gleich, sagt Zosso. Schade, dass wir nicht den *Pic-Pic* bekommen haben, der ist größer.
Samuel schaut ihn verständnislos an.
Das hier ist ein *De Dion Bouton*, erklärt Zosso, vier Zylinder statt sechs, dafür haben wir einen Scheibenwischer. Und an den Rädern rote Eisennaben. Er lacht. Der Weiße vor uns, das ist ein *Sigma*. Ovale Hinterfenster, der letzte Schrei.
Sind Sie vom Fach?, fragt Berzine höflich.

Ich war Chauffeur bei einem Schokolade-Fabrikanten, antwortet Zosso mit schwindender Feindseligkeit. Habe einen *Panhard* gefahren, einen X 8, dunkelblau, Vollgummiräder, Naben aus Mahagoni, achtzehn Pferdestärken, neunzig Stundenkilometer, ein Prachtswagen, kann ich Ihnen sagen.
In diesem Fall brauchen wir uns bei Pannen keine Sorgen zu machen, sagt Helene, Sie werden alles reparieren, nicht wahr.
Zosso zuckt mit den Achseln. Wir werden sehen, ich bin ziemlich aus der Übung. Vor drei Jahren, als das Geschäft schlechter lief, wurde ich entlassen. Jetzt bin ich Lageraufseher in einer Getreidemühle. Die haben schon zwei Chauffeure. Keine Chance für mich. Er verstummt plötzlich, als habe er zu viel gesagt.
Draußen läuft der Leutnant ein letztes Mal von Wagen zu Wagen, hebt, an der Spitze angelangt, den rechten Arm zum Zeichen des Aufbruchs, steigt in den weißen *Sigma* ein. Die Automobile setzen sich in Bewegung, schildkrötenhaft gemächlich, damit die Dragoner, die den Konvoi vor den Demonstranten schützen, Schritt zu halten vermögen. Noch nie ist Samuel in einer Limousine gefahren. Das Vibrieren des Motors überträgt sich auf ihn; in seinem Kopf surrt es, die Füße fangen zu kribbeln an, als wären sie durchfroren gewesen, auch das Gewehr vibriert wie etwas Lebendiges. Das Mädchen an seiner Seite schnüffelt manchmal leise, in einem letzten Nachklang des Weinens, und vermeidet jede

Berührung mit Samuel und dem Fahrer.
In ein paar Tagen sind wir in Petersburg, sagt Berzine auf Deutsch. Und danach geht's nach Moskau.

Sie rollen hinaus auf den Bahnhofplatz, neun Automobile und am Schluss zwei Camions; gleichzeitig bricht, erstmals an diesem Tag, die Sonne durch eine Wolkenlücke, legt einen gleißenden Teppich über die nasse Straße. Samuel ist es verwegen zumute. Alles Nie-Gehabte und Nie-Gesehene erwartet er plötzlich von dieser Reise, Glück, Abenteuer, denn nichts hat er bisher bekommen als eine Arme-Leute-Kindheit, eine Lehrerstelle in einem abgelegenen Kaff, eine Schulhauswohnung, in der nachts die Mäuse rascheln.
Draußen bewegen sich die Rücken der Pferde auf und ab, schimmernd, wo sie ins Sonnenlicht geraten; hinter ihren Beinen ist, wie die unscharfe Projektion eines Kinematographen, die Bewegung von Menschen zu sehen, man hört Hufgeklapper, Geschrei und Pfiffe, stark gedämpft durchs Motorengeräusch; das Licht fingert nun über die Fassaden am alten Bollwerk, über die Zuschauer, die sich aus den Fenstern lehnen und den Dragonern zuwinken.
Von hinten tippt jemand auf Samuels Schulter, ein Finger verhakt sich einen Moment lang im Achselstück seines Uniformrocks; Helene fragt, dicht an seinem Ohr: Haben Sie meinen Koffer gefunden?
Ich hoffe, es sei Ihrer, erwidert Samuel, ich habe

dafür gesorgt, dass er mit dem andern Gepäck aufgeladen wurde.
Sie hätten ihn mir persönlich übergeben können.
Ihr Atem kitzelt ihn im Nacken; er versteift sich, um nicht zusammenzuschaudern. Sie dürfen hier drin, außer Ihrem Handtäschchen, kein Gepäck bei sich haben, das ist ein Befehl.
Auf dem Kofferdeckel sind meine Initialen eingewoben, sagt sie. H und G. War es wirklich der?
Sei nicht so eitel, mischt sich Rosa Berzine ein und bewahrt Samuel vor einer Lüge. Was brauchst du einen Toilettenkoffer? Das sind Relikte aus einer bürgerlichen Vergangenheit. Seife und Kamm genügen vollauf, und das kann ich dir gern leihen.
Sie wechselt ins Russische, doch Helene schneidet ihr das Wort ab und fährt, an Samuel gerichtet, auf Deutsch fort: Es ist auch deswegen, weil ich in diesem Koffer Briefe aufbewahre, die mir sehr lieb sind. Ich möchte um keinen Preis, dass sie mir abhanden kommen.
Rosa Berzine lacht. Sag doch gleich, was für Briefe es sind.
Die Spiegelung der Seitenscheibe, hinter der dunkel eine Böschung auftaucht, zeigt Samuel, dass sich Helene zurückgelehnt hat und schweigend die Arme über der Brust verschränkt. Es sind Liebesbriefe, davon ist er überzeugt; irgendwo in Russland, das flach und voller Schnee ist, wartet ein Liebhaber auf sie; hat nicht eben aus ihrer Stimme eine verräterische

Sehnsucht geklungen? Wer weiß, der Mann ist vielleicht verheiratet; den Bolschewiken soll ja nichts heilig sein, kein Sakrament. Und er, Samuel? Warum sehnt er sich so wenig nach seiner Braut? Sie ist brav und leidlich hübsch. Er kann froh sein, dass ihr Vater, der Dorfschmied, in die Heirat eingewilligt hat, Schulmeister gelten wenig; und doch war das Lehrerseminar, zu dem ihm der Pfarrer riet, die einzige Möglichkeit, von den steilen Äckerchen, vom magern Vieh wegzukommen. Zwar ist er bloß im übernächsten Dorf gelandet, wo man ihn als Fremden ansieht; aber er wird nicht mehr von Bergen und Flühen erdrückt, der Blick geht in die Ferne, bis zum Jura hin; er korrigiert lieber Hefte, als dass er sein Leben lang Kartoffeln ausgräbt. Nur den Geruch der Kartoffelfeuer im Herbst vermisst er manchmal; er öffnet weit das Fenster im Schulhaus, wenn er irgendwo den Rauch aufsteigen sieht, riecht begierig dieses erdig-bittere Gemisch aus verbranntem Kraut und verkohlter Kartoffelschale, möchte wieder mit einem Stecken in der Glut herumstochern, bis der aufsteigende Qualm ihm Tränen in die Augen treibt; in die schwarze Kruste einer gebackenen Kartoffel möchte er beißen und mit Zähnen und Zunge vordringen ins mehligsüße Innere, aus dem es dampft vor Hitze, und doch tut er's nie, denn das wäre ein Rückfall in eine begrabene Vergangenheit. Dass er etwas mag und gleichzeitig verachtet, das versteht Martha nicht; ausgerollt wie ein Teppich liegt ihre

Welt vor ihr, mit überschaubaren blassen Mustern, zu denen gerade Wege führen. Weißnäherin hat sie gelernt, die ganze Wäsche für die Kinder wird sie selber nähen. Und jetzt geht sie noch drei Monate bis zur Trauung in die Fabrik, um die Mitgift aufzubessern. Zehn Stunden täglich steht sie an der Strickmaschine, zwei Stunden Weg kommen dazu, die Preise klettern, die Löhne sinken, da hat die Balabanoff Recht; aber Martha ist gegen den Streik, instinktiv verabscheut sie alles Rebellische. Auch Samuel verurteilt den Streik, aus politischer Einsicht jedoch, wie Doktor Jacob und alle vernünftigen Bürger. Marthas Fügsamkeit ärgert ihn; wenn ihre Augen sich mit Tränen füllen, plagt ihn gleich wieder das schlechte Gewissen. Wie kann er ihr jemals sagen, dass sie ihn langweilt?
Die fremde Sprache, die in seinem Rücken gesprochen wird, holt Samuel zurück; er lauscht den letzten Silben nach, sieht draußen die halb entlaubten Bäume vorbeiziehen. Das schräg einfallende Licht bringt Zweige und braunrote Eichenblätter zum Leuchten; auf der Straße liegt Laub, in das die Reifen dunkle Spuren graben. Das Mädchen an Samuels Seite sitzt aufrecht da wie eine Statue und gleicht mit seinen gelockten Haaren, über die das veränderliche Licht spielt, einem störrischen Engel. Julia, Samuels Schwester, hatte sie auch, diese Anfälle von Unansprechbarkeit; man musste ihr Zeit lassen, aus ihrem Dachkammerversteck wieder hervorzukommen; mit

einem kleinen Geschenk, einem Apfelschnitz, einem Eichelmännchen gelang es ihm manchmal, sie hervorzulocken.
Samuel kramt in seiner Hosentasche, findet, ins Schnupftuch gewickelt, ein halb zerkrümeltes Militärbiskuit, streckt es auf der Handfläche Maria entgegen; aber sie tut, als sehe sie's nicht, und er hat das Gefühl, Helene beobachte ihn spöttisch.
Kennen Sie Sigriswil?, fragt Berzine plötzlich auf Deutsch.
Samuel weiß nicht, ob die Frage ihm oder dem Fahrer gilt; er schüttelt, sich halb umdrehend, nach einem kleinen Zögern den Kopf, während Zosso das Tempo beschleunigt, um zum *Sigma* aufzuschließen.
Ein wunderbarer Ort, sagt Berzine. Man fährt, von Thun aus, in Serpentinen den Südhang hinauf, hat einen grandiosen Blick auf den See und die Alpen. Aber Thun werden Sie kennen, nicht wahr?
Wir waren dort zum Kuren, sagt Rosa Berzine. Wissen Sie, mein Mann ist krank.
Man spaziert durch Wälder, die dichter sind als in Lettland, aber ebenso unendlich, sagt Berzine.
In Thun gibt es eine Kaserne, sagt Zosso, dort habe ich ein paar Wochen Dienst geleistet.
Sie hätten unbedingt nach Sigriswil fahren müssen. Wir haben im *Bären* diese Spezialität gegessen, es gibt Schlagsahne dazu, ein Gebäck aus Eiweiß. Wie heißt das doch?
Méringue, sagt Helene und lässt den Nasallaut auf

der Zunge schmelzen, dass Samuel leer schluckt vor Begierde.
Richtig, *Méringue*. Berzine lacht und hüstelt gleichzeitig. Man wird uns leider auf unserer Fahrt kaum eine *Méringue* vorsetzen, wohl nicht einmal ein Stück Brot.
Ich denke, sagt Samuel steif, es kommt darauf an, wie lange wir unterwegs sind.
Helene schlägt mit gespieltem Erstaunen die Hände zusammen. Ach wie, der Herr Soldat denkt also! Tun Sie das öfter?
Sie will mich beleidigen, denkt Samuel, betäubt von ihrer Frage und vom eigenen Groll; warum tut sie das? Er sieht, dass sich Zosso ein Lächeln verkneift; vergeblich sucht er nach Gegenworten, nach einem geistreichen, scharfen Spruch. An Samuels Stelle antwortet Berzine auf Russisch; seinem Tonfall merkt Samuel an, dass er Helene zurechtweist. Sie widerspricht; auch Rosa Berzine mischt sich ein; innerhalb weniger Sätze entwickelt sich das Gespräch zum Streit. Da dreht sich Maria nach hinten um, schlägt mit der Hand heftig auf die Sitzlehne, stößt ein einziges Wort hervor, beinahe einen Wutschrei, der die Erwachsenen zum Verstummen bringt.
Eine Weile hört man nur das Motorengeräusch; dann beginnt Zosso ein Lied zu pfeifen, das Samuel schon nach den ersten Tönen erkennt, *Ich bin ein Jungsoldat;* unzählige Male hat er's gehört und widerwillig mitgesungen, todmüde auf Märschen oder

abends in weinseliger Laune; es läuft ihm nach, dieses Lied; ohne dass er es will, entstehen in seinem Kopf die Worte zur Melodie: *Ich bin ein Jungsoldat von einundzwanzig Jahren, geboren in der Schweiz, das ist mein Heimatland;* aber eigentlich ist er froh, dass Zossos Pfeifen ihn von allem Unbegreiflichen ablenkt. *Den Doktor holt geschwind, der mich zur Ader lasse. Meine Lebenszeit ist aus, ich muss ins Totenhaus.* Auch die dritte Strophe singt er innerlich mit: *Hier liegt mein Säbel und Gewehr und alle meine Kleider. Jetzt kommen sie daher, ich bin kein Kriegsmann mehr.* Dann hört das Pfeifen auf, und in Samuels Kopf hallt plötzlich der Geschützdonner nach, den man, auf Patrouille an der Grenze, manchmal aus der Ferne vernahm; ihm fällt das Ungeheuerliche wieder ein: dass in Verdun jeder Quadratmeter mit fünf oder sechs Leichen gedüngt ist, die Bilder vom Verwundetentransport bedrängen ihn wie sonst nur in schlimmen Träumen.

12. November 1918, nach 15 Uhr

Sie haben die Stadt hinter sich gelassen; die Dragoner sind längst zurückgeblieben. Einem Wald entlang, der dort, wo das Licht ihn trifft, zu brennen scheint, senkt sich die Straße allmählich zur Brücke bei Worblaufen. Träge fließt die Aare dahin, nichts Heiteres und Eiliges hat sie an sich wie die junge Sense, die Samuel seit seiner Kindheit kennt, und doch ist in diesem steten Ziehen eine unwiderstehliche Kraft. Man musste sich auch vor der Sense fürchten, wenn sie Hochwasser führte; einmal, nach einem Sommergewitter, als das Wasser plötzlich mannshoch heranschoss, hatte sich Samuel beim Forellenfischen auf einen Felsblock gerettet; dort saß er stundenlang, durchnässt vom Regen und von der Gischt. Die Sturmböen zerrten an ihm, die Senseschlucht füllte sich in ihrer ganzen Breite mit Wasser, darin trieben entwurzelte Bäume, verfingen sich im Ufergestrüpp, wurden wieder losgerissen. Gegen Abend beruhigte sich der Fluss, aber immer noch stieg das Wasser, es stieg, beinahe schwarz unter dem düsteren Himmel, bis zur halben Höhe des Felsblocks. Samuel fror, es wurde Nacht. Irgendwann zeigten sich Sterne am Himmel; das Gurgeln und Rauschen wurde leiser. Als das Wasser zu sinken begann, kletterte er vom Felsblock und ließ sich dort, wo das Ufer gewesen war, in den Fluss gleiten. Seine Zehen ertasteten Grund, er stemmte sich gegen die Strömung und watete in der Dunkelheit zur Stelle, wo er den Pfad vermutete. Er fand im Schlamm den Aufstieg; erschöpft kam er oben an, blieb am Rand eines Roggenfelds liegen. Der Halbmond war inzwischen aufgegangen; obgleich Samuel alle Glieder schmerzten, ergriff ihn plötzlich eine ungestüme Lebenslust, eine Freude, wie er sie nie vorher und nie nachher gespürt hatte. Die ganze Nacht verging der Klang nicht, der in ihm war; er tat kein Auge zu, träumte nicht, vergaß Vergangenheit und Zukunft. Zwölfjährig war er damals; er durfte von diesem Tag an nicht mehr fischen gehen. Schon nach kurzer Zeit übertrat er das Verbot; der Felsblock, auf dem er gewartet hatte, zog ihn magisch an. Niemand merkte es, wenn er sich vom Beerensammeln wegstahl; die Fische, die er fing, briet er allein.

Von alldem würde Samuel gerne Helene erzählen; könnte er nicht mit den richtigen Wörtern ihren Spott besiegen? So vieles, was er für sich erdacht hat, vergräbt er in sich; keiner seiner Schüler wird je wissen, was in ihm steckt, auch Martha wird es nie wissen.

Nach der Brücke steigt die Straße wieder an. Das Auto holpert stärker als vorher; Samuel packt mit beiden Händen sein Gewehr, damit es nicht gegen Maria fällt. Fuhrwerke kommen ihnen entgegen; sie wei-

chen an den Straßenrand aus, halten an, um die Kolonne vorbeizulassen.
Zosso greift sich an die Stirn; ruckartig steuert er das Auto, das beinahe nebenaus gerät, in die Straßenmitte zurück.
Dieser verflixte Föhn, sagt er.
Kopfweh?, fragt Samuel.
Zosso nickt. Habe ich immer, wenn das Wetter zu schnell wechselt.
Von Föhn kann im November keine Rede sein, sagt Berzine; wir haben eine typische Westwindlage. In seiner Stimme schwingt eine Besorgnis mit, die auf Samuel übergreift.
Es muss der Föhn sein, erwidert Zosso. Bei Föhn habe ich Kopfweh und Gliederschmerzen, abends trinke ich einen Grog, dann ist es weg.
In meinem Toilettenkoffer, sagt Helene, wäre ein Balsam, der würde Ihnen gut tun. Aber man erlaubt mir ja nicht, mein Gepäck bei mir zu haben.
Es geht schon, murmelt Zosso und hält mit angespannten Muskeln das Steuerrad fest.
Eine Weile bleibt es still im Auto. Das Motorengeräusch und das Holpern wiegen Samuel in eine Schläfrigkeit, der er beinahe erliegt; sogar Maria lockert ihre Haltung und lehnt sich zurück.

Zollikofen, das lang gezogene Dorf, das sie durchqueren, wirkt sonntäglich ausgestorben; nur hier und dort haben sich ein paar Leute am Straßenrand versammelt und bestaunen den vorbeifahrenden Konvoi. Wenn sie wüssten, wer in den Autos sitzt, würden sie Steine werfen, denkt Samuel. Oder sind es streikende Sozis, die heute zu Hause bleiben? Man ist zu schnell vorbei, man sieht's ihnen nicht an, auf welcher Seite sie stehen. Worauf ist denn noch Verlass, wenn in Europa alles drunter und drüber geht? Die österreichisch-ungarische Monarchie am Boden, der deutsche Kaiser im Exil; was gebaut schien für die Ewigkeit, kracht zusammen, und doch fährt man auf einer soliden Straße; die Dörfer mit vertrauten Namen reihen sich aneinander, wie wenn alles beim Alten wäre.

Auf einer geraden Strecke wurde mehrmals gehupt; dann pfiff jemand auf einer Trillerpfeife. Das vorderste Auto hielt an; Leutnant de Weck, die Karte in der Hand, sprang heraus. Die Fahrzeuge schoben sich zusammen wie der Balg einer Handharmonika; der ganzen Länge nach spuckte sie Soldaten aus, die sich, Gewehr im Anschlag, neben den Autos aufstellten.
Auch Samuel zwängte sich hinaus und kam sich lächerlich vor in der befohlenen Haltung. Er sah Korporal Riedo vorbeirennen, hörte ihn dem Leutnant Meldung erstatten: Man habe einen Camion verloren, das letzte Fahrzeug der Kolonne mit Korporal Perler und neun Füsilieren.
Unmöglich!, schrie der Leutnant. Was für eine Idiotie! Man kann doch nicht einen ganzen Camion verlieren!

Der Camion sei, fuhr Riedo fort, ein wenig zurückgeblieben und vermutlich bei Hindelbank in die falsche Richtung abgezweigt; deshalb habe er den Alarm ausgelöst.
Und warum haben Sie das nicht früher bemerkt? Haben Sie geschlafen, Sie Trottel? Der Leutnant ließ die Karte fallen; er bückte sich, um sie aufzuheben, wedelte den Korporal beiseite, der ebenfalls nach der Karte greifen wollte.
Auch Doktor Jacob war inzwischen ausgestiegen. Er machte ein paar Dehnungsübungen mit den Armen und sagte zum Leutnant, er sehe keinen Grund zur Panik, man warte wohl am besten eine Weile, das verlorene Schaf werde bestimmt zur Herde zurückkehren.
Der Leutnant, dem der leise Spott nicht entging, biss sich auf die Lippen; er zögerte, dann entschloss er sich, den Konvoi ein weiteres Mal in aller Strenge zu inspizieren. Er ging den Autos entlang, ließ sich rapportieren, welche Russen darin saßen, er überprüfte Anzahl und Namen; er addierte, verrechnete sich, fing von vorne an, gelangte endlich zur erlösenden Zahl: dreiunddreißig waren's, die Kinder eingeschlossen; von denen, die er zur Grenze bringen musste, fehlte niemand, zum Glück. Auch der zweite Camion, der Gepäckwagen, war noch da; die festgezurrten Blachen ließen sich mit einem Handgriff kontrollieren. Für weitere Beunruhigung sorgte jedoch der Chauffeur von Wagen fünf; er meldete, der Motor

verliere Öl, da gebe es wohl ein Leck. De Weck und der Chauffeur gingen zusammen vor dem *Daimler Coupé* in die Knie, begutachteten die schillernde Pfütze, die sich zwischen den Vorderrädern gebildet hatte. Hinter ihnen stehend, zündete sich Doktor Jacob eine Zigarette an, was die Balabanoff dazu bewog, überraschend aus Wagen vier, dem neuen *Fiat Torpedo*, zu steigen. Füsilier Mülhauser, der sie bewachen sollte, versuchte, sie mit seiner Waffe zurückzutreiben, doch furchtlos lehnte sich die Balabanoff ans Auto, steckte sich, zu Doktor Jacob hinüberschauend, ebenfalls eine Zigarette in den Mund und erwartete offenbar, dass er ihr Feuer gab.

Der Leutnant schnellte auf, schob Mülhauser, dessen Gewehr zitterte, zur Seite.

Eine Zigarettenpause ist ja, wie ich sehe, erlaubt, kam die Balabanoff seiner Rüge zuvor.

Ganz und gar nicht! De Weck geriet ins Stottern, nahm mit Anstrengung den Faden wieder auf: Ich allein bestimme, wann Sie den Wagen verlassen dürfen. Ihr stupider Ungehorsam könnte allerschwerste Konsequenzen haben. Er deutete auf Mülhausers Waffe, die immer noch auf sie zielte, räusperte sich; seine Stimme fand zum gewohnten Kommandoton zurück. Marsch jetzt, hinein mit Ihnen!

Die Balabanoff wandte sich an Doktor Jacob, der leicht geniert den Zigarettenrauch von sich wegblies. Muss ich mir das von diesem Milchgesicht gefallen lassen?

Jacob wich ihrem Blick aus. Sie können ja im Wagen rauchen.
Ach so? Ihre Taktik besteht darin, sich aus dem Konflikt herauszuhalten. Ich bewundere Ihren Mut.
Sie sollen jetzt endlich gehorchen, sagte der Leutnant, zornig wie ein Kind. Ich zähle auf zehn, dann kann ich für nichts mehr garantieren. Er holte Atem, sagte: Eins; bei drei lachte die Balabanoff ungläubig auf.
Zalkind, der Bärtige, der schon vorher ans Fenster geklopft hatte, öffnete die Hintertür des Fiats und lehnte sich hinaus. Wenn die Genossin Balabanoff hier drinnen raucht, sagte er, bekomme ich mein Asthma; und Samuel, der den Streit verfolgte und gleichzeitig die Insassen von Wagen zwei im Auge behielt, wusste nicht, ob Zalkind sich bloß über den Leutnant lustig machte.
Im Wartesaal, sagte Jacob, während de Weck langsam weiterzählte, haben Sie alle geraucht, und da war von Ihrem Asthma keine Rede.
Hier drin ist's viel enger. Zalkind mimte, an den Hals greifend, einen Erstickungsanfall.
Lass sie doch! Die Balabanoff schnippte ihre Zigarette weg und stieg, als der Leutnant mit mühsam beherrschter Stimme bei zehn angelangt war, zurück ins Auto, zu Zalkind, der ihr, auf die andere Seite rutschend, Platz machte.
De Weck stieß mit dem Fuß die Tür zu, schüttelte sich, schaute hinauf zur dichten Wolkendecke, aus

der es wieder zu tröpfeln anfing, er konsultierte seine Taschenuhr, ging nochmals den Autos und den Soldaten entlang bis zum Ende der Kolonne, schaute in die Weite, bis dorthin, wo die leere Straße hinter einer Kuppe verschwand.
Beinahe eine volle Stunde warteten sie auf offenem Feld. Wagen sechs, der kanariengelbe *Pic-Pic*, den der erfahrenste Chauffeur fuhr, wurde nach Hindelbank zurückgeschickt, um zu erkunden, ob der Camion irgendwo gesichtet worden sei. Nach einigem Hin und Her durften zwei Kinder, begleitet von ihren Müttern, aussteigen, um unter strenger Bewachung zu pinkeln; das gleiche erlaubte der Leutnant einem Russen, der über seine schwache Blase klagte, einem korpulenten Mann mit schütterem Haar, der Samuel bisher nicht aufgefallen war. Er heiße Kerklin, Pierre-Edouard Kerklin, sagte er in fließendem Französisch zu Jacob, als er erleichtert hinter einem Haselstrauch hervorkam; er halte nochmals mit aller Entschiedenheit fest, dass er mit einer Schweizerin verheiratet sei, er besitze das Schweizer Bürgerrecht und widersetze sich deshalb seiner Ausweisung mit vollem Recht. Jacob wollte antworten, doch de Weck mischte sich ein und schickte Kerklin, der leichter einzuschüchtern war als die Balabanoff, ins Auto zurück.

Fröstelnd steht Samuel neben dem *De Dion Bouton;* das Wasser tropft vom Helmrand auf seine Schultern, durchdringt das Tuch, sogar das Hemd, das an der

Haut zu kleben beginnt. Jeder der neun Wagen in der Kolonne wird vom zugeteilten Füsilier bewacht; wenn Samuel die Straße hinunterschaut, glaubt er sich selber vervielfacht wie in einem Spiegelkabinett zu sehen. Ein leichter Schwindel erfasst ihn; Halt suchend wandert sein Blick zu den beschlagenen Seitenscheiben des Wagens. Eine Hand wischt von innen eine Stelle frei; Helenes Gesicht erscheint dahinter, sie zeigt Samuel ihr Grübchenlächeln, sagt etwas, wiederholt es mit überdeutlichen Lippenbewegungen. Endlich versteht er, dass sie ihn auffordert, doch zu ihnen hereinzukommen, drinnen sei's wärmer und auf jeden Fall trocken. Samuel schüttelt den Kopf, ruckt am Gewehrriemen, um das Gewicht zu verschieben; wie soll er ihr erklären, was Gehorchen bedeutet? Man kann zugrunde gehen an der eigenen Widersetzlichkeit; sie haben Mittel, die den stärksten Willen brechen, Kniebeugen, Laufschritt bis zur Erschöpfung, Urlaubssperre, Arrest in der Dunkelzelle, in schweren Fällen das Divisionsgericht, Zwangsarbeit auf dem Zugerberg. Er erinnert sich an den Füsilier Zwahlen, einen der wenigen Roten in der Sensler Kompagnie; der war nicht bereit, alles zu schlucken. Als der Hauptmann beim Hauptverlesen vom gewaltigen Völkerringen sprach, das die Welt erschüttere, fiel ihm Zwahlen ins Wort und sagte schroff, der Herr Hauptmann sollte eher von einer gewaltigen Menschenschlächterei sprechen, das wäre ehrlicher. Dafür bekam Zwahlen drei Tage scharfen Arrest, und als er dem Feldweibel, der ein Kommunistenfresser war, ein Scheit an den Kopf warf, wurde er von der Heerespolizei abgeholt und musste, wie sie später erfuhren, vier Monate sitzen. Ja, man hat auch Samuel schon bestraft, obwohl hinter seinen Ungeschicklichkeiten keine Auflehnung stand; er will als Patriot gelten; niemand darf wissen, dass tief in ihm der Hass wächst, dass er heimlich die Armee, den Drill und die Schikanen, alle Leutnants mit glatten Gesichtern verwünscht. Die andern machen sich durch Flüche Luft, er nicht, er steht auf der Seite der schweigsamen Bewahrer; man muss wissen, wohin man gehört, muss leiden können für seine Überzeugung, das hat schon Pater Felix im Seminar gesagt, und die Großmutter hat's ihm vorgelebt; er gehorcht also, auch wenn er jetzt zehnmal lieber zu Helene ins Auto stiege. Ihr Gesicht hinter der Scheibe ist schon wieder verschwunden, sie hat es aufgegeben, ihn zu sich hereinzulocken. Es ist ohnehin ein katzenhaftes Spiel, wie sie sich Samuel zu- und wieder von ihm abwendet; er kommt sich dabei immer tolpatschiger vor.

Korporal Riedo hat bei den Bauernhäusern weiter vorne nach einem Telefon gefragt, um den Zwischenfall nach Bern, in die Kommandozentrale der Division, zu melden. Doch es gibt kein Telefon; die nächste Poststelle, wo man telegrafieren könnte, befindet sich erst in Kirchberg. Dann kehrt auch der gelbe *Pic-Pic* zurück, und de Weck nimmt mit trotzigem

Gesicht die Meldung entgegen, dass die Suche nach dem verschwundenen Camion ergebnislos verlaufen ist. Er bespricht sich mit Doktor Jacob, der sich aus dem *Sigma* herausbeugt; die beiden Köpfe kommen einander nahe wie die von Verschwörern. Jacob deutet auf seine Uhr; der Leutnant strafft sich und befiehlt die Weiterfahrt. Der Motor des *Daimler Coupé* stottert, qualmt, kommt dann doch in Gang, und de Weck kann den Wutschrei, der ihm zu entfahren droht, gerade noch ersticken.

Stockend setzt sich die Kolonne wieder in Bewegung. Eine frühe Dämmerung setzt ein; Felder und Himmel saugen sich voll mit langsam erlöschendem Grau. Samuel sieht, dass Maria geweint hat; ihrer Körperhaltung nach haben sich die Berzines gestritten. Helene weicht seinem Blick aus. Zosso, der Fahrer, könnte Auskunft geben über den Grund der Missstimmung; aber er ist mit sich selber beschäftigt, atmet schwer, tupft sich mit dem Taschentuch Schweiß von der Stirn. Seine Hände zittern, sobald sie das Lenkrad loslassen; Samuel berührt ihn, Maria ausweichend, an der Schulter. Geht's dir schlecht? Brauchst du was?

Lass mich. Zosso schaltet verkrampft in einen höheren Gang, sein Fuß rutscht vom Kupplungspedal, das Getriebe kreischt auf. Es geht schon. Kopfweh, ich hab's ja gesagt. Und vielleicht ein wenig Fieber.

Pfui, sagt Maria tadelnd zu Samuel. Du bist nass.

Das ist, weil ich so lange draußen stehen musste.

Maria schaut auf die dunklen Flecken, die sich um

Samuels Schuhe bilden, lehnt sich ein bisschen zu ihm hinüber. Dein Gewehr ist auch nass. Mit einem nassen Gewehr kann man nicht mehr schießen.
Wer sagt das? Samuel versucht mit bloßen Händen die Tropfen abzuwischen, die am Gewehrlauf herabrinnen.
Helene hat's gesagt. Und ich habe Tee trinken wollen und keinen bekommen. Ich habe Durst.
Du wirst bald etwas Warmes bekommen, sagt Samuel tröstend, hab noch ein bisschen Geduld.
In unserm Gepäck, bricht Helene ihr Schweigen, hätten wir eine Thermosflasche mit Tee gehabt. Sie redet leichthin, aber mit aggressivem Unterton; er hört, wie sie den Atem einzieht.
Von hinten streicht Rosa Berzine über Marias Haar, dreht dann ihren Kopf sachte von Zosso weg, sagt halblaut ein paar russische Sätze zu ihr; gleichzeitig wendet sich Berzine zögernd an Samuel: Uns beunruhigt der Zustand des Fahrers.
Wir befürchten, sagt Rosa Berzine in ihrem nüchternen Ton, dass er die Grippe hat. Sie wissen ja, was das bedeutet.
Sie sollten etwas unternehmen, ergänzt ihr Mann, um eine Spur dringlicher; es wäre fatal für uns, jetzt angesteckt zu werden.
Samuel macht sich klein, presst seine Schenkel gegen das Gewehr, damit Maria noch näher zu ihm hinrutschen kann; aber sie schneidet ihm eine kleine hochnäsige Grimasse und sagt in ihrem fehlerhaften Fran-

zösisch: Maman hat gewollt, dass ich wieder hinten sitze, aber jetzt will ich nicht mehr; und als Helene ihr ein seidenes Taschentuch nach vorne reichen will, tut sie, als sehe sie's nicht.
Bind dir's um den Mund, sagt Helene, das schützt dich ein wenig.
Maria schüttelt den Kopf, antwortet auf Russisch, und Helene übersetzt, an Samuel gewandt, mit einem flüchtigen Lachen: Sie meint, wenn sie lange genug den Atem anhält, bekommt sie die Grippe nicht. Nur ihre Puppe bekomme sie vielleicht, aber die sei in einer Schachtel.
Zosso, an dem das Gespräch vorbeiläuft, als gelte es gar nicht ihm, murmelt vor sich hin, beschwert sich über den Scheibenwischer, der nicht funktioniert, starrt, übers Lenkrad gebeugt, durch die Tropfenschlieren auf die Straße, die nun wieder, da sie einen Wald durchqueren, mit nassem Laub bedeckt ist. Zwischen den Tannen ist die Dämmerung schon so dicht, dass man glauben könnte, in einen Tunnel hineinzufahren. Noch hat niemand befohlen, die Karbidlampen anzuzünden, und so ist der weiße *Sigma* vor ihnen in der Dunkelheit verschwunden, taucht, als sie den Wald verlassen, gespensterhaft wieder auf. Zosso gibt Gas, gerät in der Kurve ins Schleudern, reißt das Steuer herum. Die Passagiere werden durcheinander geschüttelt, Maria, die gegen Zosso gefallen ist, rückt panisch von ihm weg; der Wagen hinter ihnen hupt.

Sehen Sie! Berzine sticht mit dem Zeigefinger in Samuels Schulter. So sind wir doppelt gefährdet!
Lösen Sie ihn doch ab, schlägt Helene vor, und Samuel wittert sogleich eine neue Kampfansage; sie ahnt ja wohl, dass er nicht fahren kann.
Berzine befiehlt Zosso, endlich anzuhalten; doch der klammert sich am Lenkrad fest und schüttelt den Kopf. Ich darf den Leutnant nicht verlieren, sagt er schwach, und dann beginnt er trotz seiner Anspannung mit den Zähnen zu klappern; sogar im Zwielicht sieht Samuel, dass Zossos Gesicht die Farbe gewechselt hat und auf seiner Stirn wieder Schweißtropfen erscheinen.
Ich kenne die Symptome, sagt Berzine zu Zosso. Sie gehören ins Bett. Es gibt sicher ein Lazarett in der Nähe, Ihr Land ist ja voller Lazarette.
Die Grippe?, murmelt Zosso. Es ist gar nicht die Grippe.
Tu, was er sagt. Samuel greift, während Maria sich unter seinem Arm wegduckt, ins Steuer hinüber, um den Wagen an den Straßenrand zu lenken. Zosso versucht erst, ihn wegzustoßen, dann tritt er auf die Bremse; der Wagen stellt sich quer; beinahe fährt der nächste, der dicht hinter ihnen ist, in sie hinein. Zosso knickt über dem Lenkrad zusammen, sagt, an der Grenze zum Schluchzen: Ich kann nicht mehr; das Gliederzittern, das ihn überfällt, lässt ihn brabbeln wie ein Kleinkind.
Was jetzt geschehen soll, weiß Samuel nicht; er hört

Schritte und Stimmen, die Fahrertür wird aufgerissen, Zosso fällt dem Leutnant entgegen, der ihn mit einem Ausruf der Verblüffung auffängt; andere sammeln sich um die beiden, weichen aber, als sie Zossos Zustand erkennen, zurück, und der Leutnant lässt Zosso auf die nasse Straße gleiten.
Was wird hier gespielt?, fragt er mit belegter Stimme. Was ist mit ihm?
Er muss ins Krankenhaus, sagt Berzine aus dem Wageninnern, und Samuel, der auf der andern Seite ausgestiegen ist, fügt hinzu, er habe Zosso zum Anhalten zwingen müssen, er wäre sonst in den Graben gefahren.
Influenza, sagt Doktor Jacob, der plötzlich hinter dem Leutnant steht, kein Zweifel. Warum lassen Sie ihn im Nassen liegen?
Auch das Dämmerlicht kann nicht verbergen, dass de Weck erbleicht. Das ist doch nicht möglich, sagt er und bedeckt mit der Hand die Augen, wie jemand, der hofft, so der Wahrheit zu entgehen. Er fasst sich halbwegs, befiehlt, vom Gepäck-Camion eine Tragbahre zu holen, den Kranken darauf zu betten; man sagt ihm, die Tragbahre sei beim Einladen vergessen worden, und das gibt ihm Grund, die Schuldigen zusammenzustauchen. Zosso stöhnt und klagt über die Kälte; zwei Freiwillige heben ihn mit abgewandten Gesichtern auf und tragen ihn zu Wagen neun, dem *Peugeot Berline*, wo man die hintere Sitzbank für ihn leer geräumt hat. Die drei Russen müssen sich trotz

ihres Protests in Wagen sieben und acht pferchen. Korporal Riedo soll mit dem *Peugeot* zum nächsten größern Ort, nach Langenthal, fahren, den Kranken im Spital abliefern und danach so schnell wie möglich wieder zum Konvoi aufschließen, der, wie der Leutnant bestimmt, bei Roggwil warten werde.

Wer aber chauffiert jetzt, nachdem man Zosso verloren hat, den *De Dion Bouton?* Von den Russen, das entscheidet de Weck ohne Zögern, kommt aus Sicherheitsgründen keiner in Frage; die drei Ersatzfahrer, die den Konvoi begleiten, gehören zum verschwundenen Camion; die übrigen Soldaten sind unentbehrlich für die Bewachung oder können nicht fahren. Doktor Jacob verwahrt sich gegen de Wecks Vorschlag, sich selber ans Lenkrad zu setzen; er habe einen steifen Arm. Zuletzt bleibt nur einer übrig, der über genügend Fahrpraxis verfügt, der Leutnant selber. Zwar habe er bisher lediglich ein Cabriolet gefahren, wendet er ein, nie eine so große Limousine; doch Jacob versichert ihm, beim Schalten gebe es keinen Unterschied, und anders komme man nicht mehr vom Fleck.

So nimmt de Weck, ohne die Insassen eines Wortes zu würdigen, Platz auf Zossos Sitz. Inzwischen brennen die meisten Scheinwerfer, auch jene des *De Dion Bouton.* Samuel kurbelt den Motor an, bevor er selber hastig einsteigt, darum bemüht, dem Leutnant keinen Anlass zum Tadel zu geben. Maria, die sich, halb dösend, auf dem Sitz zusammengekuschelt hat, rutscht erst von Samuel weg, dann wieder zu ihm hin. Die Berzines sind in ein leises, sorgenvolles Gespräch vertieft, das nur sie beide anzugehen scheint. De Weck gibt Gas, und der Wagen schießt mit einem Ruck vorwärts. Helene, deren Blicke Samuel im Halbdunkel nicht mehr zu lesen vermag, sagt, während der Wagen weiterruckt: Schonen Sie bitte meinen Rücken, *Monsieur*, wir müssen ja sonst schon genug ertragen. Der Leutnant bewegt stumm seine Lippen und erzwingt, das Kinn beinahe am Lenkrad, nach zwanzig, dreißig Metern Holperfahrt endlich eine allmähliche Beschleunigung. Er folgt dem *Sigma*, hinter dessen ovaler Heckscheibe Samuel Doktor Jacobs Umriss erkennt; jetzt ist es Jacob, der, eine Taschenlampe in der Hand und die Hunderttausender-Karte auf den Knien, dem Fahrer neben sich Anweisungen gibt.

Stirbt der Mann, der vorher da war?, fragt Maria unvermittelt auf Französisch; sie fragt es fordernd, als wüsste sie die Antwort schon lange. Ihre Kinderstimme mit den hellen A schreckt auch die Berzines aus ihrem Gespräch auf; schlagartig verändert sich die Stimmung im Auto.

Das weiß niemand, sagt Helene und legt, indem sie Samuels Arm streift, begütigend ihre Hand auf Marias Schulter.

Aber gestorben sind schon viele an der Grippe, oder nicht? Maria schüttelt sich leicht, beugt sich vor, und Helenes Hand fällt ins Leere.

Hab keine Angst, sagt de Weck in onkelhaftem Ton. Für den kranken Mann wird gut gesorgt. Denk an etwas anderes.
Will ich gar nicht. Und außerdem habe ich Durst.
Der Offizier hat Recht, sagt Rosa Berzine. Denk an etwas anderes. Auf Russisch fügt sie ein paar Sätze hinzu, die Maria dazu bewegen, so heftig den Kopf zu schütteln, dass ihre Haare fliegen und die äußersten Spitzen einen Moment lang Samuels Hände kitzeln.

Sie fahren durch die Dämmerung, die schon beinahe Nacht geworden ist; sie nähern sich einem Dorf, überholen Bauern, die mit Pferde- und Hundekarren die frisch gemolkene Milch zur Käserei bringen. Im vorbeihuschenden Scheinwerferlicht erglänzen die Kannen wie Silberzylinder; lange Schatten fliegen ihnen voran, verkürzen sich, verschmelzen wieder mit der Dunkelheit. Samuel glaubt, den Geruch der frischen Milch in der Nase zu haben, den metallenen, säuerlich abgestandenen der Kannen; solche Kannen hat er tausendmal ausgescheuert, der ganze Arm verschwindet darin, die Bürste erzeugt ein kratzendes Geräusch, das in den Ohren schmerzt; aber wenn man mit dem Knöchel gegen die leere Kanne schlägt, erklingt ein Glockenton. Samuel war immer auf der Suche nach solchen Tönen; die tiefsten sind wie eine Liebkosung, unter der die Haut erschauert, und gar die Orgelbässe: Sie walken den ganzen Körper durch.

Was er indessen, als Aushilfsorganist, der Orgel der Dorfkirche entlockt, ist kläglich im Vergleich zum Brausen, das sonntags die Freiburger Kathedrale erfüllt. Samuels Hände, die ihm immer viel zu klobig erscheinen, bringen höchstens einen Choral oder eine kleine Fuge zustande, niemals eine Toccata; seine Musik ist nichts anderes als Stückwerk, und dennoch lebt in ihm diese Sehnsucht nach Vollkommenheit, die er mit niemandem teilen kann. Diese Gedanken lenken Samuel von Zosso ab, drängen die Verstörung zurück wie hinter eine dünne Wand; aber zwischendurch sickert sie wieder zu ihm durch, beschämt fällt ihm ein, dass er sich von Zosso nicht einmal verabschiedet hat.
Da stellt Maria eine Frage, Helene antwortet ausführlich und beinahe verlegen, wie es Samuel scheint, Maria widerspricht und verstummt.
Was hat sie denn?, fragt Samuel.
Sie will wissen, sagt Helene, wohin der kranke Mann kommt, wenn er gestorben ist.
Und?, mischt sich unvermittelt de Weck ein. Wie haben Sie sich aus der Affäre gezogen?
Ich habe gesagt, entgegnet Helene kühl, das wisse niemand, es sei noch kein Toter jemals zurückgekehrt.
Und die Geister?, fragt Maria auf Französisch, mit einer leisen Aufsässigkeit, die auch Samuel provoziert.
Sei nicht abergläubisch, Maria, weist Helene sie zurecht. Geister gibt es nicht, darüber haben wir schon oft geredet.

Kommt der Mann denn nicht ins Paradies? Maria faltet ihre Hände auf den Knien, bewegt sich nicht mehr im Dunkeln. Ich möchte ins Paradies, wenn ich tot bin.
Woher hast du das?, fragt Helene irritiert.
Von unserer Köchin, nehme ich an, sagt Jean Berzine, der also doch zugehört hat; die ist zum Popen gegangen, hat aber auch ein bisschen Lenin verehrt. Und fast gleichzeitig sagt Rosa Berzine zu Maria: Die Menschen müssen sich ihr Paradies selber erschaffen, und zwar bevor sie tot sind.
Willst du auch ins Paradies, wenn du tot bist?, fragt Maria und lächelt Samuel, das sieht er an ihren aufschimmernden Zähnen, zum ersten Mal an.
Na los, Brülhart, stichelt der Leutnant, hat's Ihnen die Sprache verschlagen? Sie sind Katholik, Sie müssen doch die Kleine von der Existenz der Hölle überzeugen.
Helene lacht, und Maria sagt: Die Hölle ist böse, Lenin hat gemacht, dass der Zar in die Hölle kommt, das weiß ich.
Samuel schweigt. Wie hat er sich einst gefürchtet vor Höllenqualen, vorm Sturz ins Höllenfeuer. Jede kleinste Sünde, so hat es ihm die Großmutter eingeschärft, vergrößere das Gewicht des Bösen, das ihn niederziehe. Es war so schwer, den Sünden zu entgehen; im Finsterholz gab's einen Fuchsbau, gähnende Löcher im Hang, zwischen denen sich Wurzeln wanden wie Schlangen, das war der Eingang zur Unter-

welt. Einmal warf er einen Stein hinein, um der Schwester seine Unerschrockenheit zu beweisen, er schrie: Was sie sagen, ist alles gelogen! Dann rannte er, die weinende Julia mit sich ziehend, aus dem Wald hinaus, und vor dem nächsten Wegkreuz sank er auf die Knie und bat Jesus um Verzeihung; Julia flocht einen Kranz aus Gänseblümchen, den er über die Dornenkrone legte, und ihm schien, dass der Gekreuzigte seinetwegen weine, ja, dass die hölzernen Tränen sich verflüssigten und die verwitterte Wange hinunterflossen. Ans Paradies dachte Samuel selten, es war ohnehin nicht für ihn bestimmt. In seiner Klasse gab es ein Mädchen, Klara, mit blondem Haar und farblosen Augenbrauen, die war so rein und roch nach nichts, schweigend half sie überall aus, putzte freiwillig die Tafel, stellte sich hinten an, wenn die Pausenmilch ausgeschenkt wurde, lachte nie über grobe Witze. Klara, sagte die Großmutter, sei eine von denen, die ins Paradies gelangen würden. Samuel verbot sich den Gedanken, dass es im Paradies langweilig sein würde; dafür malte er sich aus, dass er Klara eines Tages heiraten und sie ihn zum Guten führen würde. Mit neunzehn zog Klara weg vom Dorf. Samuel hörte später, sie habe im Elsaß ein uneheliches Kind geboren. Damals, im dritten Seminarjahr, hatten seine Glaubens- und Weltgewissheiten bereits zu bröckeln begonnen; unter dem Einfluss von Pater Felix, der von der Bilderbedürftigkeit des mittelalterlichen Menschen sprach, verblassten allmählich die Höllenbilder. Aber die Angst blieb. Die Menschen, sagte Pater Felix, ließen sich von der Macht des Bösen, das im Lauf der Geschichte wechselnde Gestalten angenommen habe, dazu verführen, nach dem irdischen Paradies zu streben; sie maßten sich Gottähnlichkeit an, und immer werde daraus eine irdische Hölle. Das hätte Pater Felix zweifellos auch zur Oktober-Revolution gesagt, zum Sturm aufs Winterpalais, wohl auch zum Generalstreik; aber er war schon im Sommer 1917 an Knochenkrebs gestorben. Als Samuel, ein paar Wochen vor seinem Tod, auf Urlaub bei ihm gewesen war, hatte er ihn gefragt, was er über die Schlacht von Verdun denke, die General Falkenhayn mit seinem Plan, den Feind ausbluten zu lassen, entfesselt hatte. Pater Felix schloss die Augen und tat, als sei er zu schwach, die Frage zu verstehen; er stand, wie Samuel ahnte, innerlich auf der Seite Deutschlands, behielt dies im frankreichfreundlichen Fribourg für sich. Aber nirgendwo türmten sich die Leichen so hoch wie in Verdun; es war ein unvorstellbares Massaker. Beide Seiten opferten Hunderttausende von Menschenleben für die Eroberung und Rückeroberung nutzloser Hügel und eines zerschossenen Forts. Verdun war ein Brennpunkt aller Höllenkräfte; warum schwieg einer wie Pater Felix dazu? Und was sagt man Schulkindern, vor denen man zwischen zwei Dienstperioden steht, über Himmel und Hölle? Was sagt man über den Tod?

Minutenlang fließt das Gespräch im Wagen an Samuel vorbei, ein Mischmasch aus drei Sprachen, das gezwungene Lachen de Wecks.

Himmel und Hölle, sagt Samuel laut, an einer völlig unpassenden Stelle, sind gültige Bilder für das, was mit der Seele geschieht. Ein Satz, wie ihn Pater Felix hätte sagen können; er weiß, dass Maria ihn nicht versteht, aber er hat keine andern Wörter dafür; jeder solche Satz ist ein Pflock, den man gegen die Angst einschlägt.

Im Wagen, wo's einen Augenblick lang still wird, halten sich Verblüffung und Amüsement die Waage.

Bravo, Brülhart! Damit haben Sie alles erklärt. Der Leutnant starrt nach vorn auf die von einer unruhigen Aureole umgeisterte Silhouette des *Sigmas*.

Mit Zynismus allein, sagt Rosa Berzine, kommen Sie nicht weiter, Herr Leutnant; Sie drücken sich um eine klare Stellungnahme.

Der Leutnant schweigt, gibt ungeschickt Zwischengas, schaltet in einen andern Gang.

Maria stützt, nach hinten schauend, ihre Hand auf Samuels Unterarm. Maman, sagt sie, vielleicht ist der Mann jetzt schon tot.

Wie leicht ihre Hand ist, denkt Samuel, federleicht; und Jean Berzine sagt – zu wem denn? –, Zossos Überlebenschancen ständen fünf zu eins; etwa gleich hoch sei nach den medizinischen Statistiken ihre Chance, nicht angesteckt zu werden.

Du wirst dir beim nächsten Halt gründlich die Hän-

de waschen, sagt Rosa Berzine zu Maria.
Sofern wir dort Wasser vorfinden, spöttelt Helene.
De Weck hat den Blick auf die Straße geheftet, deren Kurven und buschige Begrenzungen im Wechsel zwischen Dunkelheit und Licht auf sie zufliegen; er hält den Kopf steif, als zwänge ihn ein Korsett dazu, und sagt mit gespielter Nonchalance: Sie befinden sich nach wie vor in einem zivilisierten Land, Mademoiselle. Die Wasserversorgung ist gewährleistet, solange Ihre Freunde sie nicht sabotieren.
Ich muss etwas trinken, quengelt Maria, sonst werde ich krank. Sie lehnt sich ungeniert an Samuels Schulter, seufzt ein bisschen, und er wagt kaum mehr zu atmen.

12. November 1918, Abend

Kurz nach achtzehn Uhr, so beschrieb es später Doktor Jacob in seinem Protokoll, kam es bei Roggwil zum Zusammenschluss. Wagen neun, der *Peugeot*, der Zosso ins Spital gebracht hatte, stieß dort auf den wartenden Konvoi; in seinem Schlepptau folgte der verloren geglaubte Camion, dessen Fahrer tatsächlich, durch eine Schafherde abgelenkt, den falschen Weg eingeschlagen hatte.

Die Soldaten vertraten sich vor der Kirche die Beine; die Russen mussten, trotz ihres Einspruchs, in den Fahrzeugen bleiben, die unter tropfenden Kastanienbäumen parkiert waren. Die Karbidlampen schnitten mit ihrem Licht Menschen, Mauern, Baumstämme aus der Dunkelheit heraus. Eine Gruppe von Einheimischen hatte sich in der Nähe der Soldaten versammelt; aus Andeutungen und hingeworfenen Bemerkungen errieten sie bald, was für einen Auftrag der Konvoi hatte. Sie rückten enger zusammen, verwünschten die Bolschewiken; auch in ihrem Lokalblatt hatte die Ausweisung der sowjetischen Mission für Schlagzeilen gesorgt. Als der Camion ankam, die neun Füsiliere mit Korporal Perler von der Ladefläche heruntersprangen und sich in einem Glied aufstellten, empfing sie der Leutnant mit einer scharfen Rüge. Doch die Erleichterung, wieder über den Soll-

bestand zu verfügen, stimmte ihn milder; so verzichtete er auf eine Bestrafung und verlangte lediglich einen genauen Rapport. Korporal Perler schilderte umständlich, wie sie die Strecke bis zur Abzweigung zurückgefahren, dann wieder umgekehrt seien, in der Hoffnung, sie würden auf der schnelleren Route dem Konvoi den Weg abschneiden. Später aber, nach vergeblichen Versuchen zu telefonieren, hätten sie zufälligerweise den *Peugeot* gekreuzt und ihn gleich erkannt; sie hätten mit Korporal Riedo vereinbart, am Dorfrand von Langenthal zu warten, bis die Angelegenheit im Spital geregelt gewesen sei.
Doktor Jacob fragte, ob es in Langenthal Anzeichen von Unruhen gegeben habe.
In der Nähe des Bahnhofs, antwortete einer der Füsiliere, vermutlich auf dem Areal der Maschinenfabrik, habe man einen Auflauf beobachtet; doch die patrouillierenden Truppen, zu denen auch Feuerwehrleute gehörten, hätten die Menge später zerstreut. Im Spital, fügte Perler bei, sei am frühen Morgen ein weiterer Soldat an der Grippe gestorben.
Die Balabanoff streckte den Kopf zum Autofenster heraus und sagte vernehmlich: Nach den Arbeitern, die von eurer Miliz erschossen worden sind, fragt hier niemand, wie ich höre.
Die Russen, die in den beiden offenen Wagen saßen, stimmten ihr zu; die Dorfbewohner begannen zu murren. De Weck gebot Ruhe; es war aber Doktor Jacob, der sich mit seinem hellen, ein wenig nasalen

Organ gegen den entstehenden Stimmenwirrwarr durchsetzte.
Madame Balabanoff, sagte er, über allfällige Opfer des Streikes wissen wir im Moment so wenig wie Sie. Heute morgen hieß es, dass in Biel ein Hitzkopf unter den Zug geraten ist.
Sie werden sehen, redet die Balabanoff unbeirrt weiter, es wird Ihnen, trotz des Blutes, das Sie und Ihresgleichen vergießen, nicht gelingen, mit uns die Grenze zu erreichen. Vermutlich haben die Genossen in Bern schon die Macht übernommen.
Halten Sie den Mund!, fuhr der Leutnant sie an. Ich dulde es nicht, dass Sie hier Gerüchte verbreiten! Seine Hand suchte den Pistolenknauf.
Die Balabanoff blieb gefasst, beinahe heiter. Passen Sie auf, unter den jungen Soldaten hier sympathisieren einige mit uns.
Das möchten Sie wohl, erwiderte der Leutnant mit forcierter Selbstsicherheit. Aber Sie täuschen sich, ich kenne meine Truppe gut genug.
Mit der Grundidee des Kommunismus sympathisiere ich auch, sagte Doktor Jacob. Wer täte es nicht? Aber um sie zu verwirklichen, müssen Sie erst einen neuen Menschen schaffen.
Die Balabanoff verzichtete auf eine Entgegnung; ihr Kopf und ihre Pelzmütze verschwanden im Wageninnern, als ob ein Vorhang gefallen wäre. Aber Samuel fühlte sich unbehaglich. Hatte die Balabanoff nicht vielleicht doch recht? Sollte man gewissen Kamera-

den – solchen wie Mauron – misstrauen? Plötzlich fiel ihm ein, dass er gar nicht wusste, ob sich Zossos Befinden weiter verschlechtert hatte; auch der Leutnant hatte sich mit keinem Wort nach ihm erkundigt.

Noch bevor sie weiterfuhren, kam es zu weiteren Schwierigkeiten. Kerklin gab vor, Durchfall zu haben, schwankte, als sei er betrunken, auf Jacob zu und verlangte Gerechtigkeit. Er sei Schweizer Bürger, man dürfe ihn nicht ausweisen. Zwei Soldaten schleppten ihn zum Wagen zurück; er widersetzte sich ihnen in seiner ganzen Massigkeit, rief, sie würden ihr Verhalten noch bereuen. Dann hielt Maria es vor Durst nicht mehr aus und begann vor sich hin zu jammern. Rosa Berzine beschuldigte den Leutnant, er verweigere dem Kind mutwillig, etwas zu trinken. De Weck entgegnete, er habe gedacht, dass sozialistisch erzogene Kinder abgehärteter seien; dennoch trieb er eine verbeulte Feldflasche mit Tee auf, der, wie er spottete, sogar ein paar Tropfen Kirsch enthalte und bestimmt eine beruhigende Wirkung haben werde. Maria behauptete erst, der Flaschenhals sei schmutzig, sie brauche ein Glas; doch dann setzte sie die Flasche mit angeekelter Miene an den Mund und ließ den Tee in langen Zügen in sich hineinrinnen.
Einer der zurückgekehrten Ersatzfahrer, ein flinker Romand mit listigem Gesicht, wurde zu Wagen zwei abkommandiert; der Leutnant stieg wieder zu Jacob

in den *Sigma*, und als sie aus dem Dorf hinausfuhren, war alles beinahe wie am Anfang, nur dass der Mann zu Samuels Linken Mauron hieß und ihn daran erinnerte, wie leicht Menschen austauschbar sind.

Lichtspuren flattern über Buschgruppen, verfangen sich in Fenstern, die zu fremden Häusern gehören; Pfützen in Schlaglöchern leuchten auf. Mauron, der neue Fahrer, hustet, zieht den Rotz hoch. Maria hat nun Hunger, sie verlangt nach irgendeiner russischen Leckerei, die sie nicht bekommen kann, sie gähnt und jammert, lässt sich auch durch die ungeduldigen Argumente der Erwachsenen nicht von ihrer Bettelei abbringen; das Zuckerstück, das Rosa Berzine in ihrer Handtasche hat und aus einem schmutzigen Papierchen schält, weist sie empört zurück. Nach ein paar Kilometern wird Maria leiser, verstummt endlich; Helene summt eine Melodie, von der Samuel denkt, sie sei ebenso für ihn bestimmt wie für das Kind. Als er nach dem Ursprung des Liedes fragt, antwortet sie, es sei ein Wiegenlied aus Georgien, sie habe es oft von ihrer Mutter gehört. Ihre Stimme ist plötzlich wieder sanft und einschmeichelnd; doch Samuel hat vergessen, wie der Schwung ihrer Augenbrauen verläuft, zart sind sie, dunkler als das Haar unter der Pelzmütze, das weiß er noch; er müsste sich bloß umdrehen, dann sähe er ihr Gesicht als hellen Fleck, das Weiß der Augäpfel, aber er tut es nicht. Was er sich vorstellen kann, sind Helenes Hände und

ringlose Finger; vielleicht ist es unter den Bolschewiken üblich, dass auch verheiratete Frauen keinen Ring mehr tragen. Die Stelle zwischen Daumen und Zeigefinger der rechten Hand, dort wo sich eine kleine Hautfalte bildet, war mit Tinte verschmiert, und dieser Tintenfleck rührt ihn nachträglich wie etwas Kindliches. Doch solche Hände haben kräftigere Sehnen, als man ahnt, sie können zupacken und abwehren, auch streicheln, das stellt er sich am liebsten vor: Fingerkuppen, die seine Wangen nachzeichnen, über Hals und Schulter gleiten, ganz anders, als es bei Martha wäre, ihre Finger sind breit, haben Hornhautstellen, Kälterisse. Er überhört zuerst, dass Helene von dem Haus erzählt, in dem sie aufgewachsen ist, von einem Birnbaum, den sie über alles liebte; als er dann den Sinn der Wörter begreift, möchte er das Mädchen, das sie war, genauer vor sich sehen: auf einem Ast schaukelnd, in eine Birne beißend, deren Saft über ihr Kinn rinnt; einen Birnbaum nämlich hat auch er geliebt. Aber statt dass er das Wort ergreift, überrascht ihn Rosa Berzine, nicht unfreundlich, mit ihrer Frage: Und Sie? Wie heißen Sie eigentlich? Wer sind Sie?
So einfach die Frage ist, so sehr bestürzt sie ihn.
Er ist ein Dorflehrer, antwortet Helene an seiner Stelle; ihre Sanftheit, die ihn vorhin so weich stimmte, ist wie weggeblasen.
Ach ja? Rosa Berzine zieht den Ausruf ungläubig in die Länge, als hätte sie etwas ganz anderes erwartet.

Wissen Sie, wir stufen in unserm jungen Staat diesen Beruf sehr hoch ein; wer die Jugend beeinflussen kann, sitzt an den Schalthebeln der Zukunft.

Das sagst du sehr schön, stimmt ihr Berzine mit unverhohlener Ironie zu; so oder ähnlich haben wir's schon hundertmal von Angelica Balabanoff gehört, da wäre es vermessen, daran zu zweifeln.

Ach, du mit deinen ewigen Vorbehalten! Rosas Stimme erhöht sich um eine Terz. Warum bist du überhaupt der Partei beigetreten? Du hättest ebenso gut Anwalt bleiben und abends deine Füße am Kaminfeuer wärmen können.

Jean Berzine setzt, auf Russisch, zu einer gewundenen Anwort an, seine Frau fällt ihm ins Wort; synkopisch schieben sich ihre lauter werdenden Sätze in- und nebeneinander.

Muss ich wieder zur Schule gehen, wenn wir in Sankt Petersburg sind?, fragt Maria in eine der kleinen unvorhersehbaren Pausen hinein; und sogleich richtet sich wieder alle Aufmerksamkeit auf sie.

Du solltest dir endlich merken, sagt Rosa, dass wir bei Petersburg das *Sankt* weglassen.

Ich will dort aber nicht zur Schule gehen, sagt Maria.

Doch, entgegnet ihr Vater, das musst du, sobald es die Verhältnisse erlauben.

Maria fällt ins Russische zurück, und Helene übersetzt halblaut für Samuel: Sie mag die Jungen nicht, die sie mit Schnee einreiben. Helene übersetzt auch, in Samuels Ohr sprechend, was Rosa ihrer Tochter in

belehrendem Ton vorträgt: nämlich dass es ein bisschen Aufbauzeit braucht und dass sie dann die bestmögliche Schule haben und alle Kinder von Arbeitern und Bauern lesen und schreiben lernen.
Auch Matrosenkinder?, fragt Maria.
Auch Matrosenkinder.
Helene lacht abfällig, rückt von Samuel ab und sagt, in einer ihrer überraschenden Attacken, laut zu ihm: Also gut, wer sind Sie? Antworten Sie. Aber verstecken Sie sich nicht hinter Allgemeinplätzen!
Hör auf, sagt Berzine, er weiß ja auch von uns kaum etwas.
Deutschschweizer ist er, mischt sich Mauron ein, der viel sanfter fährt als der Leutnant, fragen Sie ihn doch, ob er den Kaiser vermisst. Er zeichnet, wie sich knapp erkennen lässt, mit dem Zeigefinger einen hochgezwirbelten Schnurrbart zwischen Nase und Mund; doch niemand lacht, und Mauron muss sich darauf konzentrieren, einer Reihe von Schlaglöchern auszuweichen.
Samuel räuspert sich; er möchte Helene ja von sich erzählen, aber unter vier Augen, nicht vor so vielen Zeugen, er möchte ihr sagen, dass er in seinem Leben nach vielstimmigen Klängen sucht und nicht nach unanfechtbaren Wahrheiten, auch wenn er, um sich zu schützen, manchmal vorgibt, sie zu kennen. Ja, er sucht nach Tönen und Klängen, die alles in sich vereinigen, das Begreifbare und das Rätselhafte, den Ruf des Zaunkönigs und das Dröhnen der Orgel, die

leuchtenden Ränder der Wolken beim Sonnenaufgang und die Stille nach dem Unwetter; aber sie erwartet eine andere Antwort, und so sagt er stockend: Ich komme aus einer Bauernfamilie. Er sagt es nicht ohne Stolz, denn er ahnt, dass diese Abkunft in ihren Augen ein Vorzug ist, und gleichzeitig fühlt er sich, wie früher im Beichtstuhl, einem undurchschaubaren Urteil ausgeliefert.
Es ist merkwürdig, sagt Rosa Berzine, während Samuel glaubt, Helene leise lachen zu hören, die Bauern sind in diesem Land die ärgsten Feinde der Revolution.
Sie haben Land, sagt Jean Berzine, wofür sollen sie da kämpfen?
Längst nicht alle haben Land, erwidert Helene, unser Lehrer hat keines, davon bin ich überzeugt, er könnte ein guter Kommunist werden.
Ich werde eines Tages ein paar Äcker erben, sagt Samuel mit einer Anwandlung von Trotz.
Da sehen wir's. Rosa schlägt mit der Handkante auf die Sitzlehne vor ihr. Das Erbrecht ist Diebstahl am Volk.
Ohne die Revolution, sagt Helene, hätte ich eines Tages ein großes Haus an der Bolschaja Morskaja geerbt, aber ich würde mich bloß in sechzehn Zimmern verlaufen, und ich bin froh, dass darin jetzt ein Ausschuss des Petersburger Sowjets tagt.
Und der Birnbaum, denkt Samuel, was geschieht mit ihm? Er sieht ihn vor sich, in voller Blüte; auch im

elterlichen Obstgarten steht einer, uralt ist er, morsch auf einer Seite, die Krone bleibt halb kahl im Frühling, und doch hat es jedes Jahr Äste gegeben, die blühten und sich im Spätsommer unter der Last der Früchte bogen.

Was werden Sie denn mit Ihren Äckern anstellen?, fragt Berzine.

Samuel schweigt; wenn man Erde und Bäume verfrachten könnte wie Möbel, dann würde er sein Land mitnehmen, weg aus der Enge, und genau das kann keiner.

Lass ihn doch, sagt Rosa zu ihrem Mann, die Revolution wird ihn bald von seinen Besitzersorgen erlösen.

Alle lachen sie, Helene gurrt beinahe; sie lachen nicht Samuel aus, das spürt er genau, sie lachen sich hinweg über ihre Sorgen, über ihre Angst, über die Dunkelheit.

Samuel versucht sein linkes Bein, gegen dessen Oberschenkel der Gewehrlauf drückt, in eine bequemere Lage zu bringen; die Schlaglöcher senden Stöße durch seinen Rücken, als klopfe die Welt draußen bei ihm an.

12. November 1918, frühe Nacht

Gegen einundzwanzig Uhr erreichte der Konvoi bei vollständiger Dunkelheit Hunzenschwil. Am Dorfrand wurden sie von ein paar übermüdeten Landsturmsoldaten angehalten; sie hatten den Auftrag, in dieser Nacht des möglichen Umsturzes niemanden, den sie nicht persönlich kannten, passieren zu lassen. Doktor Jacob bot seine ganze Überzeugungskraft auf, um ihnen klarzumachen, dass sie ein Unternehmen von nationaler Wichtigkeit keinesfalls behindern durften. Er wies ihnen seine *Ordre de mission* mit den Stempeln des Auswärtigen Departements vor, deren Unterschriften im schlechten Licht kaum zu entziffern waren; doch erst als Leutnant de Weck den militärischen Befehlston annahm, an den sie gewöhnt waren, gaben sie die Straße frei.

Trotz des misstrauischen Empfangs wollten de Weck und Doktor Jacob in Hunzenschwil, dessen Kern lediglich aus ein paar Häusern und einer Wirtschaft bestand, den vorgesehenen Essenshalt einschalten. Das Dorf war so klein und so bäuerlich, dass es keinen Grund für Sicherheitsbedenken gab; drei, vier beim Eingang postierte Wachen konnten Zusammenrottungen mühelos in Schach halten, und in der Gaststube, so entschied der Leutnant, würde es genügen, die Russen an den hinteren, die bewaffnete

Mannschaft an den vorderen Tischen zu platzieren; es sei ja, sagte er zu Jacob, nicht anzunehmen, dass einer der Russen ausgerechnet von hier zu fliehen versuche; die Nacht sei zu finster, das Terrain zu unbekannt.
Der Wirt, ein Hüne mit Hängebacken, zeigte sich über die späten Gäste wenig erfreut und wollte erst wissen, ob es unter ihnen Kranke gebe; in seinem Dorf sei die spanische Grippe noch nicht ausgebrochen, und er werde sie sich vom Leibe halten, koste es, was es wolle. Auf Zureden hin war er bereit, Wein, Brot, Käse, geräucherte Würste aufzustellen; für Milchkaffee, den Doktor Jacob wünschte, müsse er das Herdfeuer neu anfachen, aber er werde es, der höhern Gewalt weichend, tun.
De Weck wollte die Fahrzeuge auf dem gekiesten Vorplatz schräg gestaffelt und mit exakt bemessenen Abständen nebeneinander sehen; er ließ sie hin- und hermanövrieren, bis das Bild, das sich ihm bot, den Vorschriften entsprach. Erst auf sein Kommando hin durften die Russen aussteigen. Der Leutnant verlangte, dass sie sich in einer Reihe aufstellten, damit er sie im schwachen Licht, das aus den Fenstern fiel, ein weiteres Mal zählen konnte; doch die Russen foutierten sich um seine Befehle, drängten hungrig und fröstelnd zur offenen Wirtshaustür. Ihnen auf den Fersen folgten die Soldaten, die anstelle des Helms das Käppi aufgesetzt hatten. Ein Hund schoss von drinnen auf Zalkind und einen andern Russen zu, die als

Erste eintreten wollten. Sie blieben stehen, Zalkind redete beruhigend auf den Hund ein; die folgenden Grüppchen stauten sich hinter ihnen; de Weck fragte nervös, was los sei. Da tauchte, als massige Silhouette, eine Laterne in der Hand, der Wirt wieder auf, jagte den Hund mit einem Fußtritt in die Küche zurück und sagte hämisch, der Bastard könne, wie man sehe, Ausländer nicht riechen, aber jetzt sei der Weg frei für alle, die ihre Zeche ehrlich bezahlen würden. Zalkind ließ Münzen in seiner Hosentasche klingeln; die Russen verschwanden im Eingang und im Haus.

Samuel blickte zum Himmel auf; doch kein Stern war zu sehen. Er betrat den Flur mit den Sandsteinfliesen wie eine schützende Höhle; die Täferdecke in der Gaststube verbarg den Anblick der Unendlichkeit.

Ein paar Einheimische saßen beim Schein einer Petrollampe am Stammtisch; sie leerten ihre Gläser, als sie die Fremden erblickten, standen auf, zogen sich stumm in die hintere Gaststube zurück. Die Russen besetzten, wie vorgesehen, unter Gelächter und Stühlerücken die drei hinteren Tische; die Schweizer ließen sich nahe der Tür nieder. De Weck reservierte den runden Stammtisch für sich und Doktor Jacob allein, breitete sogleich die Landkarte aus und stellte die Lampe daneben, so dass, sogar von Samuels Platz aus, im Lichtkreis, der auf die Karte fiel, grüne Schraffuren und die dunklen Flecke der Städte erkennbar wurden.

Der Wirt und eine Serviererin gingen auf der Schweizer Seite von Tisch zu Tisch; die Bestellungen, die ihnen die Russen zuriefen, ignorierten sie. Die Romands bestellten Weißwein, im Gegensatz zu den deutschsprachigen Freiburgern, die Roten oder gar Milchkaffee bevorzugten. Samuel saß, unangenehm beengt, mit fünf anderen am kleinsten Tisch, roch, zum Stumpenrauch, der schwer in der Gaststube hing, ihre feuchten Uniformen, spürte links und rechts den harten Druck von Schenkeln und Ellbogen. Er sah zu den Russen hinüber und versuchte, im Halbdunkel die Gesichter zu unterscheiden. Die Berzines und Helene, die ihm in der Engnis des Wagens allmählich vertraut geworden waren, wirkten wieder fremd und unzugänglich. Helene saß, der Balabanoff schräg gegenüber, zwischen dem bärtigen Zalkind und einem Mann mit Fuchsgesicht, der Schklowsky hieß; es schien sie nicht zu stören, dass Zalkind den Arm um sie legte, sie sogar an sich zog; sie lehnte sekundenlang den Kopf an seine Schulter, lachte laut; dann befreite sie sich, weiterlachend, aus seiner Umarmung. Zum ersten Mal legte sie ihre Pelzmütze ab; das Knäuel auf dem Tisch glich einem toten Tier. Die offenen Haare, die sie unter der Mütze verborgen hatte, fielen ihr auf die Schultern, ein seidener Glanz, der von einer zweiten Lampe kam, wanderte darüberhin. Sie öffnete ihren Mantel, ließ ihn, mit einem kleinen Sich-Winden des Oberkörpers, dem Rumpf entlang hinuntergleiten auf die Sitzbank; unter der blauen Bluse zeichnete sich die Form ihrer Brüste ab. Schklowsky zu ihrer Linken strich, soweit sich im schlechten Licht erkennen ließ, mit plumpen Fingern über ihr Haar und sprach freundschaftlich in ihr Ohr, bis sie den Kopf von ihm abwandte. Samuel hätte Schklowsky am liebsten die Finger abgehackt, Zalkind weggestoßen, und zugleich verwünschte er seine Sehnsucht, sich zu Helenes Beschützer aufzuspielen; sie hätte ihn doch nur mit amüsierter Miene zurückgewiesen.

Die Balabanoff tat sich wieder mit lautstarken Reden hervor, schlug mit der Faust auf den Tisch, schien Schklowsky, der sie unterbrechen wollte, zu beschimpfen, wenn auch eher spielerisch, mit halbem Lachen. Rosa Berzine indessen, die ihr sonst in allem nachzueifern schien, saß merkwürdig stumm an ihrer Seite und verblasste beinahe als Person.

Als nach einer guten Viertelstunde Wirt und Serviererin noch immer keine Anstalten machten, die Russen zu bedienen, auf die Schweizer Tische hingegen Gläser und Flaschen, sogar die ersten Teller mit Brot und Käse stellten, wurde der Protest der Russen lauter. Er und seine Landsleute hätten auch Hunger und Durst, rief Zalkind auf Französisch in die Runde. Falls jemand Zweifel an ihrer Zahlungsfähigkeit habe, so bitte er, genau hinzuschauen. Er schüttete eine Handvoll Münzen auf den Tisch, Goldrubel offenbar, die aneinander stießen, aufglänzend zu andern Händen rollten, von ihnen zu Zalkind zurückgeschoben wurden.

Volksbesitz!, schrie einer auf Deutsch.
Die Russen lachten, aufgebracht und böse.
He du, fuhr Schklowsky den Wirt an, als er in seine Nähe kam, wir brauchen Schnaps, verstehst du: Schnaps!
Er meint, dass wir in den ungeheizten Wagen sonst erfrieren, fügte Berzine mit einem entschuldigenden Lächeln bei, das ebenso dem Wirt wie de Weck galt, der die Russen nicht aus den Augen ließ.
Der Wirt tat, als habe er nichts gehört, und ging hinaus. Als er, mit Flaschen beladen, wiederkam, bediente er, wie vorher, nur die Schweizer. Die Serviererin tat es ihm eingeschüchtert nach, warf aber hin und wieder einen fragenden Blick zu den Russen hinüber.
De Weck, den die wachsende Aufregung beunruhigte, packte den Wirt am Ärmel und zog ihn zu sich heran. Sie sind verpflichtet, alle Ihre Gäste zu bedienen. Tun Sie das. Wir sind in Eile.
Der Wirt faltete die Hände über der Schürze; in seinem Gesicht erschien ein listiger und zugleich rachsüchtiger Zug. Diese Ausländer sind Russen, nicht wahr, es sind die Bolschewiken, von denen man gehört hat. Die bediene ich nicht, das ist mein gutes Recht. Er schnaufte schwer zwischen den Sätzen.
Ja, sagte Doktor Jacob beruhigend, es sind die Bolschewiken, und wir bringen sie zur Grenze, um sie loszuwerden. Aber wir müssen Sie, nach internationalem Recht, anständig behandeln, und deshalb wer-

den Sie sie jetzt unverzüglich bedienen.
Der Wirt bockte. Das sind doch die Agitatoren, die uns den Generalstreik beschert haben. Und wenn's Bürgerkrieg gibt, sind die schuld daran und natürlich der Obersozi Grimm, den ich mit eigenen Händen erwürgen würde, wäre er hier. Trotz der Wut, in die er sich hineingesteigert hatte, zeigte er plötzlich Zeichen von Verlegenheit; seine Hände, die den Würgegriff vorführen wollten, erschlafften.
Los jetzt, forderte de Weck, machen Sie keine Schwierigkeiten.
Ein kleiner schlauer Triumph brachte etwas Füchsisches in die Miene des Wirts, so dass er plötzlich Schklowsky glich, der feindselig zu ihm herüberlinste. Nein, Herr Leutnant. Wissen Sie, was ich tue? Ich streike. Wenn heute doch überall gestreikt wird, dann streike auch ich.
Die Soldaten am nächsten Tisch brachen in Gelächter aus; die Serviererin, die sich halb hinter dem breiten Rücken des Wirts versteckt hatte, stimmte mit ein, und man hörte ihr furchtsames Glucksen aus allen andern heraus, so lange, bis auch der Hund im Flur zu bellen begann.
Zalkind kletterte, halb in humoristischer Absicht, halb in wirklicher Empörung, auf einen Stuhl, als ob er vor einer Versammlung agitieren wolle; der Stuhl schwankte, und Helene hielt ihn mit beiden Händen fest.
Genossen und Genossinnen!, schrie Zalkind und

streckte gebieterisch seinen Kinnbart vor. Wollt ihr Brot?
Ja, antworteten die Russen, auf sein Spiel eingehend, im Chor.
Wollt ihr Wurst? Ja?
Ja!, echote der Chor. Und die Balabanoff doppelte mit einem russischen, in heftigem Staccato herausgeschleuderten Satz nach, dem die ganze Gruppe applaudierte; sogar Maria klatschte, und Helene schaute, wie es Samuel schien, bewundernd zu Zalkind auf.
Die Situation drohte außer Kontrolle zu geraten; an zwei Tischen sprangen die Soldaten auf und griffen, ohne de Wecks Befehl abzuwarten, zu den Waffen, die sie an die Wand gelehnt hatten. Samuel allerdings blieb sitzen und drückte die Schuhe so hart auf den Boden, dass sich seine Wadenmuskeln verkrampften.
Aufhören!, befahl de Weck, während Doktor Jacob beschwichtigend die Hände bewegte, und Samuel wusste nicht, ob dies die Soldaten oder Zalkind anging; aber plötzlich wurde es still. Der Leutnant, die Hand an seiner Pistole, maß den Wirt, der sich nicht vom Fleck gerührt hatte, von oben bis unten, er schluckte und sagte scharf und leise, nur für die Nächststehenden verständlich: Ich lasse Sie standrechtlich erschießen, wenn Sie nicht auf der Stelle gehorchen.
Samuel sah trotz der trüben Beleuchtung, dass der Wirt bleich wurde und zu zwinkern begann; er zö-

gerte, nagte an der Unterlippe; nach ein paar Sekunden sackten plötzlich seine Schultern ab; der ganze Mann schien zu schrumpfen, drehte sich schwerfällig um, gab der Serviererin, die sich schämte, ein paar halblaute Anweisungen, schlurfte hinter ihr her in die Küche.

Der Leutnant wusste, dass er gewonnen hatte; er ließ sich auf seinen Stuhl fallen, lehnte sich weit zurück; er hatte kaum noch die Kraft, seine Erschöpfung zu verbergen, und Doktor Jacob legte einen Augenblick lang begütigend eine Hand auf seinen Arm.

In der schlampigsten Weise wurden nun die Russen bedient; aber sie bekamen, was sie wollten, Brot, Wurst, Wein, sogar eine staubige Flasche Kirsch, die der Wirt vor Zalkind hinstellte. Es war allerdings von allem zu wenig, und zwar mit Absicht, wie Schklowsky behauptete; der Wein sei zudem sauer, das Brot steinhart. Doktor Jacob musste ihm beweisen, dass auch auf der Schweizer Seite nichts anderes gegessen werde, und dies brachte die Soldaten erneut gegen die Russen auf. Das Gemurmel, das von Tisch zu Tisch lief, verriet, wie gereizt sie waren; doch es hielt die Russen nicht davon ab, einander immer wieder nachzuschenken und sich gegenseitig zuzuprosten. Auch die Balabanoff schwenkte ihr Glas, stimmte ein Lied an, das sie indessen, vom Geschwätz ringsum übertönt, nach ein paar Takten abbrach. Es war, so empfand es Samuel, eine erzwungene Ausgelassenheit, und sie legte sich wie eine Fettschicht über alle dunkleren Gefühle, die er wohl, wäre er ihr nahe genug gewesen, in Helenes grauen Augen gefunden hätte: Helene, wie sie unter dem Birnbaum steht, wie sie in eine reife Birne beißt; man müsste den Saft, der ihr übers Kinn läuft, wegküssen, die Angst wegstreicheln, die sie manchmal frösteln lässt; aber können denn seine ungestümen Wünsche die Distanz zwischen ihnen überwinden, auch wenn's jetzt nur ein Mittelgang zwischen zwei Tischreihen ist? Die Uniform, die Samuels Körper umschloss, schien immer brettiger zu werden und ließ ihn schwitzen wie an einem Sommertag; es war ein Schweiß, der sich rasch zersetzte und auf der Haut das Gefühl von schmutziger Nässe erzeugte.

Unter Bewachung durften die Russen, Frauen und Kinder zuerst, die Toilette aufsuchen, ein Plumpsklo auf der Rückseite des Hauses; dann befahl de Weck den Aufbruch. Die Russen erhoben erneut Einspruch; Schklowsky, sekundiert von der Balabanoff, schlug vor, hier zu übernachten, es habe doch keinen Sinn, in der Dunkelheit herumzuirren, man könne morgen früh beizeiten aufbrechen und werde doppelt so schnell vorankommen wie jetzt. Das schien, ihrem Nicken nach, auch ein paar Fahrern einzuleuchten; und Berzine, der endlich seinen Hustenanfall gemeistert hatte, fügte in versöhnlichem Tonfall bei, die Männer würden sich, angesichts der Schwierigkeit, eine andere Unterkunft zu finden, mit Bänken und einer Wolldecke begnügen; ein paar Stunden Ruhe

wären aber eine Wohltat für alle, auch für seinen maltrātierten Rücken, wie er gerne zugebe.
De Weck, der mit zusammengepressten Lippen zugehört hatte, entgegnete, er habe einen militärischen Auftrag, der keine Verzögerung dulde; er ließ sich weder von Jacobs beschwörenden Blicken noch von weitern Argumenten umstimmen und wies die Russen an, ihre Zeche zu bezahlen und zu den Fahrzeugen zurückzukehren.
Mit ungewöhnlich energischen Worten dämpfte Berzine die Empörung seiner Landsleute und winkte den Wirt heran. Zalkind tuschelte kurz mit Berzine, rief dann, über die Tische hinweg, den verblüfften Schweizern zu, die Sowjetrepublik mache sich eine Ehre daraus, sie zu diesem Imbiss einzuladen, und warf, wie schon zuvor, mit großer Gebärde seine Goldstücke auf den Tisch.
De Weck rang um Fassung und schaute Doktor Jacob mit kindlich-bittendem Ausdruck an. Jacob zögerte, schüttelte ganz leicht den Kopf; und de Weck, dessen Gesicht sich gleich wieder verschloss, sagte: Sie bezahlen für sich und für niemanden sonst, verstanden!
Wie großherzig!, bemerkte die Balabanoff, gerade laut genug, dass man's in der ganzen Gaststube hören konnte.
Der Wirt klaubte die Münzen auf, besah sie sich misstrauisch bei hellerem Licht, hielt sie nahe vors Auge; dann trat er wieder an Zalkinds Tisch, ließ die Mün-

zen unvermutet niederregnen, so dass sie mit hellem Klang aufsprangen. Die nehme ich nicht! Ich nehme nur Schweizer Geld.
Es sind Goldrubel, sagte Zalkind. Besseres Geld bekommen Sie auch in der Schweiz nicht.
Es ist Geld, das dem russischen Volk gehört, sagte die Balabanoff süffisant, und also auch uns.
Der Wirt stemmte seine Arme in die Seite. Ihr habt es zusammengeraubt, ihr habt Gutsbesitzer verjagt und bestohlen, ihr habt Kirchen und Klöster geplündert! Solches Geld will ich nicht.
Wieder war es Jacob, der mit seiner näselnden, aber durchdringenden Stimme in den Streit eingriff und für Beruhigung sorgte. Nehmen Sie das Geld, sagte er zum Wirt, niemand wird es Ihnen verübeln; Sie können's bei jeder Bank eintauschen.
Oder einschmelzen, wenn's Ihnen lieber ist, spottete Zalkind; er las die Münzen auf und übergab sie dem Wirt; wortlos, ohne nachzuzählen, steckte der sie in den Lederbeutel, den er über der Schürze trug.
Es ist sowieso viel zu viel, murmelte Kerklin, der, beinahe unbeachtet in seiner Ecke, vor sich hin gebrütet hatte.
Der Wirt drehte sich um, wollte sich eben, die Hand auf dem Beutel, Jacob zuwenden, da sagte Helene sehr laut, die übrigen Stimmen übertönend: Ich möchte wissen, warum Sie uns derart hassen. Sie war aufgestanden, sie wirkte ruhig und dennoch aufs Äußerste angespannt, und sie wiederholte, als der Wirt über die

Schulter zu ihr zurückschaute: Ja, warum hassen Sie uns? Was haben wir Ihnen zuleide getan?
Sei still, Helene, sagte Rosa Berzine in die aufkommende Stille hinein. Es hat ja doch keinen Sinn.
Der Wirt wandte sich um, er ließ seinen Körper in einer schwerfälligen Drehung dem Hals folgen, pflanzte sich dicht vor Helene auf: Mein Fräulein, wir haben, Gott sei Dank, den Krieg heil überstanden, aber jetzt, wo alles vorbei ist, wollt ihr uns in eure Unordnung hineinreißen, ihr wollt die, die's zu etwas gebracht haben, in die Armut stürzen. Das duldet kein aufrechter Schweizer!
Ein paar Soldaten trommelten mit den Knöcheln auf ihre Tische; weder Samuel noch der Fahrer Mauron gehörten zu ihnen.
Helene hielt sich an der Stuhllehne fest. Wir nehmen große Opfer in Kauf, damit es dem russischen Volk besser geht. Wir strengen uns an, den Ärmsten zu helfen. Und Sie?
Das ist eine gewaltige Lüge! Euer Lenin hat euch das Lügen wunderbar beigebracht. Der Wirt setzte zu einer Tirade an; doch de Weck machte dem Wortwechsel mit schneidender Stimme ein Ende. Samuel, der beinahe stolz auf Helenes Standhaftigkeit gewesen war, sah, dass sie, als sich alle erhoben, von Zalkind gestützt wurde. Auch er wäre ihr beigestanden, trotz ihrer falschen Behauptungen, er hätte sie notfalls zum Auto getragen; aber als sie draußen, wo er das Einsteigen überwachte, an ihm vorbeiging und ihn beinahe

streifte, schien sie ihn gar nicht zu bemerken.

Die Nachtkälte sprang Samuel aus der Dunkelheit an wie ein Tier, strich mit feuchtem Fell über sein Gesicht. An einigen Stellen war die Wolkendecke aufgerissen; Samuel erkannte den Großen Wagen; neben dem Wirtshaus erahnte er das Geäst eines mächtigen, das Dach weit überragenden Baumes.
Gegen Morgen gibt's vielleicht Frost, sagte Korporal Riedo, der in Samuels Nähe stand; er war Bauer, wettererfahren, er sagte es mehr zu sich selbst, als könnte er in einer Nacht, in der vieles verrückt und verschoben schien, mit einem solchen Satz alles Gewohnte und Verlässliche zurückrufen.
Kerklin weigerte sich einzusteigen; nachdem er ein paar Schritte willig mitgegangen war, drehte er sich plötzlich um, stolperte blindlings davon, vom Haus weg, aus dem Lichtkreis der Laternen hinaus. Zwei Soldaten holten ihn ein, packten ihn hart unter den Armen. Er wolle nicht nach Russland, jammerte er, in Russland herrsche Krieg, er wolle zurück zu seiner Frau. Man brachte ihn zum Auto; seine Schuhe zogen eine knirschende Spur durch den Kies. Flüchtig sah Samuel ihn durch die Scheibe auf dem Hintersitz, einen dunklen, zusammengesackten Körper mit zuckenden Schultern.

12. November 1918, nach 22 Uhr

Noch steht die Kolonne still. Im *De Dion Bouton* sitzen Helene und die Berzines wieder hinten; Mauron wartet bei laufendem Motor aufs dreimalige Hupen, das die Abfahrt signalisieren soll. Maria jedoch, zwischen Samuel und Mauron, durchkreuzt die kleinen Gewohnheiten, an die man sich halten könnte; halb errät Samuel, was sie gähnend, in weinerlichem Ton sagt, halb wird's ihm von Helene übersetzt: Sie sei so müde, sie wolle sich hinlegen, aber nicht vorne, bei den fremden Menschen; nein, im Sitzen könne sie nicht einschlafen, das wisse die Mutter doch, und nein, nein, den Kopf auf den Schoß des Soldaten lege sie nicht, ganz sicher nicht, da werde ihr schlecht, und sie habe Angst vor dem Gewehr, das dann so nahe bei ihrem Gesicht wäre. Ihr magerer Körper spannt sich wie eine Stahlfeder, es sieht aus, als würde sie sich in einen Wutanfall hineinsteigern; ihre Mutter legt beschwörend eine Hand auf ihre Schulter, und der Vater versucht ihr etwas zu erklären. Maria schüttelt sich, hält sich die Ohren zu und stößt hervor: Ich höre euch nicht! Ihr seid gar nicht da! Niemand ist da!
Plötzlich reden alle mit erhobenen Stimmen durcheinander. Dieses Kind, sagt Mauron zu Samuel, ist doch einfach verwöhnt; eine kräftige Ohrfeige würde

es schnell zur Besinnung bringen. Helene aber, eine wiederum verwandelte Helene, wartet, bis die andern verstummen, dann löst sie sachte Marias Hände von den Ohren und sagt auf Französisch: Komm, lass uns die Plätze tauschen, dann kannst du dich über Mamas und Papas Beine legen.
Ja, das will ich, sagt Maria; sie entspannt sich, als habe ein Zauberstab sie berührt, und hört sogleich zu schniefen auf.
Das geht doch nicht, Hélène, wendet Jean Berzine ein, da vorne erdrückt ihr euch gegenseitig. Außerdem bist du selber erschöpft und brauchst ein bisschen Schlaf.
Ach, erwidert Helene, der Herr Soldat kann sich, sofern er einverstanden ist, noch ein bisschen dünner machen, und ich selber bin gar nicht viel dicker als Maria. Das geht schon, wir müssen's ja nicht die ganze Nacht ertragen.
Von mir aus können wir's versuchen. Samuels Stimme ist belegt, er presst die Beine aneinander, zieht den Bauch ein, um äußerlich zu schrumpfen; was diese Nacht an Überraschungen bringt, ist noch längst nicht ausgeschöpft.
De Weck hat inzwischen das Abfahrtssignal gegeben, doch Mauron muss warten, bis die Plätze getauscht sind. Helene steigt hinten aus, hilft Maria vorne über Samuels Beine hinweg; und während das Kind sich zwischen die Eltern setzt, windet sich Helene, mit dem Mantel über Samuels Gesicht streifend, zu ihm

herein, sie fällt beinahe über den Helm, der vor seinen Füßen liegt, stützt sich, leise lachend, mit einer Hand auf sein Knie, quetscht sich neben ihn, auf den Rand des Sitzes, so dass sie nun zwischen Samuel und der Autotür, die sie zuzieht, eingekeilt ist, und da er sich vorgebeugt hat, um mehr Platz zu schaffen, drücken ihre Schulter und Brust gegen seinen Oberarm. Er merkt gar nicht, dass sie schon seit einer Minute oder länger fahren; wieder hat er ihr Parfüm in der Nase, oder vielleicht ist es eher die Seife, mit der sie sich wäscht, ihr Puder, was weiß er schon über Helenes Toilettengewohnheiten. Rasch dringt ihre Körperwärme durch alle Stoffe bis zu ihm, breitet sich auf seiner empfänglichen Haut aus, oder ist es bloß die eigene Hitze, die ihm zu Kopf steigt und die Hände kribbeln lässt? Er wird sich nie mehr bewegen, so soll es bleiben bis in alle Ewigkeit. Nur Maria hinter ihnen stößt mit Füßen und Händen gegen die Lehne, sucht eine noch bequemere Lage; sie jammert, Rosas Knie seien zu spitz, sie will etwas Weicheres unter dem Kopf, und alles Zureden der Eltern, das die ganze Skala zwischen Güte und Drohungen durchläuft, nützt nichts. Doch irgendeinmal – nach Kilometern, die in keinen Zeitbegriff mehr passen – hat Maria genug gegähnt und widersprochen; sie verstummt und schläft ein.
Im Wagen wird es still, die verschiedenen Atemrhythmen mischen sich ineinander, fügen sich, wie verschlungene Linien, die einen monochromen Hinter-

grund beleben, ins Motorengeräusch ein. Mauron hat den Schlusslichtern des *Sigma* zu folgen, die vor ihnen her schwanken; das einlullende Schaukeln und Rütteln nimmt zu, nimmt ab, im komplizierten Takt der Nacht, die sie durchqueren. Samuel bleibt hellwach dabei, er will keinen Moment dieser unverhofften Nähe versäumen.
Leise und nur für ihn bestimmt, ihren Kopf halb an seine Schulter gelehnt, sagt Helene plötzlich: Dieser Wirt, ich sehe ihn dauernd vor mir.
Er hatte Angst, entgegnet Samuel, darauf bedacht, durch keine Bewegung das labile Gleichgewicht zwischen ihren Körpern, das auf Druck und Gegendruck beruht, zu stören.
Manchmal denke ich, sagt Helene, man müsste die Liebe neu erfinden. Eine sehr beständige Liebe wünsche ich mir unter den Menschen und nicht eine flatterhafte, die dauernd in Hass umkippt.
Dann müssten Sie eigentlich Christin sein.
Nein, das Christentum predigt nur, und wenn es handelt, bereichert es sich. Wir hingegen, wir teilen, was wir gerechterweise genommen haben. Darum hassen uns die Besitzenden … Und Sie, Sie hassen uns auch, nicht wahr?
Samuel zögert; sie hat den Druck ihres Knies gegen seines verstärkt, und er weiß nicht, ob er ihn erwidern oder ihm ausweichen soll. Ich hasse Sie nicht, sagt er, aber ich lehne die Ideen ab, die Sie der Welt aufzwingen wollen.

Ach, wie schön gesagt! Sie lacht in sich hinein, ihr dunkles Gurren, das ihn betört und zugleich ängstigt. Wie denken Sie denn über die Liebe zwischen Mann und Frau? Könnte sie am Ende stärker sein als der politische Hass?
Samuel weiß, dass sie ihn im Dunkeln von der Seite anschaut, er ahnt, dass ihre Miene, könnte er sie sehen, schelmisch wäre, mit einem Zug ins Provokative; und er hält sich ganz steif, tut, als merke er nicht, dass ihre Hand wie zufällig auf seinem Knie liegt. Er schweigt, weiß keine vernünftige Antwort; nur eine leidenschaftliche käme ihm in den Sinn, und für sie hat er die richtigen Wörter nicht.
Wie ist es eigentlich bei Ihnen, fragt sie nach einer Weile, die Hand leicht verrückend, so dass beinahe ein Streicheln daraus wird, sind Sie gebunden?
Er zögert wieder, unziemlich lange, schüttelt dann den Kopf; die Bewegung überträgt sich, von seinen Schultern her, auf sie, und er spürt ebenso körperlich, in winzigen Schauern, ihr antwortendes Nicken, das wie ein Versprechen ist.

Sie fahren durch die Nacht, folgen dem schwachen Lichtstreifen, der willig oder störrisch, je nach Geländebeschaffenheit, den Weg vor ihnen erhellt; sie erahnen Wälder, Hügel, ein Glitzern, das über eine Wasserfläche spielt, einen Flusslauf, einen kleinen schwarzen See. Häuser tauchen auf, sinken zurück ins Dunkel. Keine Menschen, keine Tiere sind mehr unterwegs, nur Hundegebell durchdringt hin und wieder das Motorengeräusch; einmal läuft ein schwarzer Schatten dicht vor ihnen über die Straße, ein Fuchs wohl, und Mauron, der an seinen Lippen nagt, um sich wachzuhalten, bremst heftig, so dass alle nach vorne geworfen werden, einen Moment lang verwirrt um sich schauen, dann in die vertrauten Stellungen zurückkehren und gleich wieder einnicken. Auch Samuel erliegt momentelang dem Schlafbedürfnis, doch selbst unter der Oberfläche des Schlafs spürt er Helene, die sich gegen ihn lehnt, ihr Gewicht, das er aufwägen kann gegen seines, er spürt, wie sie beide leichter werden, flaumleicht, dann wieder schwer, als wären sie aneinandergekettet, aber es gibt, solange sie hier sitzen, keine Befreiung, es gibt nur das Zusammensein, oder man lässt sich fallen in wirre Träume, und so sitzt Samuel plötzlich am Steuer, und was er steuert, ist halb Schiff, halb Auto. An langen Reihen von Krankenbetten fährt oder gleitet er vorbei; im letzten liegt sein Vater, tot, mit verfärbtem Gesicht. Es ist die violette Grippe, sagt eine Schwester in weißer Tracht. Samuel hofft, in der Schwester Helene zu erkennen, aber sie verwandelt sich in Martha, sie will in sein Fahrzeug steigen, das voll beladen ist mit Munition, sie schwimmt ihm nach durch eine finstere Schlucht, und ihre Haare breiten sich auf dem Wasser aus, als wäre sie tot. Samuel schreckt auf, sein Puls rast, er hat Helene von sich weggestoßen, und sie fragt erschrocken: Was ist?

Ich habe geträumt, sagt Samuel mit schwerer Zunge.
Etwas Gutes oder Schlechtes?
Meinen Vater habe ich vor mir gesehen, ganz deutlich.
Lebt er noch?
Nein. Er kann sich gegen ihre Fragen nur mit Ja oder Nein wappnen, aber eigentlich wäre ihm jetzt nichts wichtiger, als von seinem Vater zu erzählen, dem schweigsamen Mann mit dem Schnurrbart, dem Prügler, der sorgsam und zärtlich wie kein anderer die Schafe schor, und doch bleibt der Vater eingeschlossen in ihm, eine geschrumpfte Mumie.
Mein Vater, sagt Helene, ist schon 1914 gefallen, bei Tannenberg, als Bataillonskommandant. Er war ein hoher Beamter in der zaristischen Verwaltung und setzte sich für Reformen ein; deshalb wurde er an die Front abgeschoben. Er hat fließend Deutsch gesprochen, dazu vier andere Sprachen. Seinetwegen habe ich Germanistik studiert; wenigstens in einem Fach wollte ich ihn übertreffen. Ich habe ihn sehr geliebt, und ich habe seine Leisetreterei gehasst. Ich war nicht Papas Liebling, das war mein älterer Bruder, der ist auch tot. Er ging zur Roten Garde; Papa wäre entsetzt gewesen. Vor drei Monaten wurde er erschossen.
Das tut mir leid, sagt Samuel unbeholfen.
In seinem letzten Brief steht, er habe Trotzki die Hand gedrückt … Es ist schon merkwürdig, dass wir uns beide trotz unserer bürgerlichen Herkunft der

Sache der Unterdrückten verschrieben haben. Aber gerade aus unserem Milieu sind viele zur Revolution gestoßen. Warum? Ich denke, nur wer über genügend Bildung verfügt, kann Ausbeutung und Ungerechtigkeit wirklich durchschauen ... Personen hasse ich nicht, genau so wenig wie Sie. Was ich aber aus tiefstem Herzen hasse, das ist die Ungerechtigkeit. Verstehen Sie das?
Manchmal möchte ich wissen, sagt Samuel, wie es in einem klingt, wenn man stirbt.
Sie versteift sich einen Augenblick lang. Das muss ein Bersten sein, stelle ich mir vor, ein Klirren wie von Glas.
Nein. Es ist ein Klang, den niemand vorher beschreiben kann. In ihm klingt alles zusammen, was ein Leben ausgemacht hat.
Sie sind ein seltsamer Mensch, lächelt sie, lehnt sich stärker an ihn; jetzt ist es, als ob er sie trüge, ja, er trägt sie auf beiden Armen, aber wohin soll er mit ihr, wohin soll er sie betten? Er kennt einen Platz im Wald hoch über der Sense; man kriecht durchs Unterholz, ein hohler Strunk, in dem sich das Regenwasser sammelt, weist den Weg, und dann ist da dieser freie, grün leuchtende Fleck, nicht größer als zwei Leintücher, eine winzige Lichtung, von Moos überwachsen, goldnem Frauenhaar, dazwischen ein paar Büschel Gras. Hier hat Samuel manchmal mit Julia gespielt; der Platz war ihr Geheimnis. Sie bauten winzige Hütten aus Zweigen und Rindenstücken,

deckten sie mit Moos, sie suchten Eicheln, Tannzapfen, Federn, verwandelten sie in Tiere, in Möbel, alles war wandelbar unter dem Sommerlicht, das grün und golden zu ihnen drang, die Haut wärmte, den Boden fleckte. Die Welt war weich und warm an solchen Tagen, auch Julia war es, wenn seine Zeigefingerspitze über ihre Wangen fuhr, den Hals ausmaß, sachte in die Höhlung beim Schlüsselbein vordrang, von dort aus die Brustwarzen suchte, die sich fremd anfühlten. Auch das musste ihr Geheimnis bleiben; sich so nahe zu kommen war Sünde, und eine noch größere war's, einander nackt anzuschauen; Julias bleicher, dünner Körper in all dem Grün, der scharfe Kontrast zwischen den sonnengebräunten Armen und dem Oberkörper, als wäre sie ein gespaltenes Wesen. Nur auf diesem Platz kann man die Zeit anhalten, und Zeit braucht Samuel, um Helene, die kein Kind mehr ist, anzuschauen, die Biegungen ihres Körpers in sich aufzunehmen, ihre Haare, die viel länger sind, als er gedacht hat, um seine Finger zu wickeln. Was er, als Liebhaber, zu tun hätte, weiß er nur ungenau; es gibt die Zoten, mit denen man prahlen kann, darin bewegen sich Männer wie Maschinen und tun stets das Richtige. Samuel aber müsste erst die Unschuld wiederfinden, die er mit der besonnten Lichtung im Dickicht verloren hat, dann könnte er, mit Fingern und Lippen, allen Wünschen und Lüsten folgen. Doch das geht nur, wenn man die Uniform auszieht; und Samuel erschrickt darüber, dass er weiterphantasiert, dass er's wagt, sich ein Feuer vorzustellen, in dem alle Uniformen verbrannt würden, ein gewaltiges Opferfeuer mit beißendem Rauch.

Wälder, immer wieder Wälder, Ahnungen vom Hügelland, das sie durchquerten; Ortstafeln tauchten auf, Lenzburg schon vorbei, Villmergen, wo einst eine Schlacht stattgefunden hatte, aber welche? Dann kam der Nebel, der vom Reusstal aufstieg, ein Wogen, das sich im Scheinwerferlicht verdichtete zur bleichen, wattigen Wand, die dauernd zurückwich und unerreichbar blieb; aus ihr schien es zu dampfen; kleine, wie von innen leuchtende Schwaden schwebten auf die Frontscheibe zu und verschwanden. Das Auto war ein Fisch, der durch dunkelmilchige Gewässer schwamm; die Häuser von Bremgarten waren darin ertrunken, und die Strömung trug sie vorbei an Mauerkanten, Giebelfronten, die gleich wieder zurückblieben und sich auflösten im ruhelosen fahlen Schimmer.
Mauron redete vor sich hin. Was für eine verdammte Suppe!, verstand Samuel; und wahrhaftig, es brauchte höchste Konzentration, weder die Fahrbahn, deren Ränder ins Unsichtbare wegzukippen schienen, noch de Wecks Wagen ganz aus den Augen zu verlieren. Sie hatten sich dem *Sigma* bis auf zwei Meter Abstand genähert, und dennoch schloss sich der Nebel hinter dem Wagen immer wieder wie ein bald trans-

parenter, bald undurchdringlicher Vorhang. Obschon sie zeitweise nur noch im Schritttempo fuhren, kamen sie einige Male um ein Haar von der Straße ab; die Räder streiften den Graben oder einen Randstein, und Mauron riss, mit einem zornigen Ausruf, das Steuer herum und trat auf die Bremse.
Als Berzine von einem dieser Manöver wachgerüttelt wurde, sagte er in seinem nüchternen Ton: Bei diesem Tempo sind wir erst morgen Abend am Bodensee.
Ach wo, entgegnete seine Frau, du übertreibst. Schlaf lieber ein bisschen. Und sie fügte auf Russisch etwas bei, was wie ein Gutenachtwunsch klang.
Knapp zweihundert Kilometer, sagte Mauron verdrießlich, das schafft man normalerweise in acht Stunden. Aber dieser verfluchte Nebel zwingt uns zum Kriechen.
Sind Sie nicht sehr müde?, fragte Helene.
Mauron lachte unfroh, unterdrückte einen Hustenanfall. Wissen Sie nicht, dass gute Soldaten alle menschlichen Regungen zu unterdrücken haben?
Vielleicht sind Sie ja gar kein guter Soldat.
Wer ist das noch, nach diesen vier Jahren? Wir sind alle zermürbt von der ewigen Warterei. Wir haben auf den Feind gewartet. Wir haben auf das Ende des Krieges gewartet. Wir warten auf die Entlassung, auf bessere Zeiten.
Samuel nahm in Gedanken vorweg, was Helene oder auch Rosa Berzine Mauron entgegenhalten würden:

nämlich dass es mit dem Warten nicht getan sei, dass das Volk sein Schicksal selbst in die Hand nehmen müsse und dass dies ja gerade geschehe. Er fragte sich, ob er selber an solche Sätze zu glauben beginne, ob er nicht schon lange darauf gehofft habe, eine neue Bewegung werde ihn aus der Schulstubenmuffigkeit hinausheben, in Licht und Weite. Aber Rosa und Helene meinten nicht ihn, den Dorfschullehrer; sie meinten die Arbeiterschaft, und Arbeiter kannte er kaum. Er war ein Bauernsohn und lebte unter Bauern; den Bauern gehe es in Kriegszeiten immer am besten, hatte der Vater beinahe hämisch gesagt; wenn alles zusammenbreche, seien Kartoffeln mehr wert als Aktien. War es gerecht, dass es in diesem Land Leute gab, die hungerten, während andere jeden Tag satt und immer reicher wurden?
Die beiden Frauen schwiegen, als hätte Maurons Erschöpfung sie angesteckt; aber die Fragen, auf die Samuel keine Antwort wusste, schlugen Wurzeln.

Nicht nur der Nebel hielt sie auf. Ein paar Kilometer nach Bremgarten musste beim *Pic-Pic* ein verstopftes Ventil herausgeschraubt und durchgeblasen werden; der Motor von Wagen fünf, dem *Daimler*, war überhitzt und qualmte, man musste Öl nachgießen und stellte fest, dass es aus dem sich verbreiternden Leck viel zu rasch wieder heraussickerte. Kurz darauf war der Benzintank des großen *Peugeots* leer; aber man hatte beim Halt in Hunzenschwil die Reservekanister

bereits geleert, und so blieb nichts anderes übrig, als mit Hilfe eines Schlauchs, den man lange nicht fand, Benzin aus einem der Camions abzusaugen und wenigstens ein paar Liter in den leeren Tank zu füllen. Kaum war dies getan, streikte der Motor des *Fiat Torpedo*, ebenfalls aus Benzinmangel, wie sich herausstellte; und die ganze mühsame Prozedur musste, zum Unwillen der Mannschaft, wiederholt werden.
Bei jeder Panne hielt der Konvoi schwerfällig an; Autotüren gingen auf und zu, Lichtkegel durchkreuzten sich; irgendwo war die Stimme des Leutnants zu hören, der seine Leute anschuldigte und antrieb. Am meisten ärgerte sich de Weck darüber, dass der Benzinverbrauch der einzelnen Autos, entgegen allen Berechnungen, derart unterschiedlich war. Er verlangte von den Fahrern eine sparsamere Fahrweise; man müsse unbedingt das Benzindepot in Dietikon erreichen; notfalls werde man die Fahrzeuge bis dorthin schieben. Von Hunzenschwil aus hatte de Weck telefoniert und den Besitzer des Depots aus dem Bett geholt; der hatte dem Konvoi, nach zähem Feilschen, vierhundert Liter zugestanden. Ob dies bis zur Grenze reichen werde, stehe, so sagte de Weck zu Doktor Jacob, in den Sternen geschrieben. Er war, nach dem vierten oder fünften Zwischenfall, den Tränen nahe und froh über die Dunkelheit, die seine Erschöpfung verbarg; Maschinen und Menschen schienen gleichermaßen darin erfinderisch zu sein, sich mit immer neuen Kniffen seiner Kontrolle zu entziehen.

Die Zwischenhalte wiederholten sich; man war gefangen in Handlungsabfolgen, von denen Samuel manchmal nicht mehr wusste, ob sie zu einem Traum gehörten oder zur Wirklichkeit. Er fror, obschon er nach jedem Halt, der ihn zum Aussteigen zwang, zu Helene zurückkehrte und sich, an sie gedrängt, wieder aufwärmte. Der Uniformstoff fühlte sich feucht an, unangenehm haarig; er roch nach muffigen Kantonnementen, nach verschüttetem Bier, nach dünnem Kakao, er roch sogar nach Geschrei und Zoten. Von den Oberschenkeln her stieg dieser Geruch in Samuels Nase, überlagerte Helenes Parfümduft, so wie die Kälte das fiebrige Glück, in das ihn Helenes Nähe versetzt hatte, zu zersetzen begann. Samuel wehrte sich dagegen, er versuchte die Kälte aus seinem Körper auszusperren, den Hunger, der irgendwo nagte, fernzuhalten; er wollte sich als warmer Mittelpunkt eines Universums fühlen, das er einzig mit Helene teilte. Enthielt diese Nacht nicht alle Möglichkeiten? Vielleicht war in den Städten schon der Bürgerkrieg ausgebrochen, und nun schoss man sich auch in der Schweiz gegenseitig tot; vielleicht würde er, wie Zosso, an der spanischen Grippe erkranken; vielleicht stand ihm die Umarmung bevor, nach der er sich sehnte, die Vereinigung zweier Körper, diese lockendste aller Sünden. In jeder Sekunde dieser Nacht konnte er leben oder sterben; jeder Augenblick konnte zur Grenze werden, hinter der das Unbekannte begann. Es war schrecklich, dies zu wissen, und es war gut; ihn wunderte es nicht, dass er irgendwann merkte, dass sich seine und Helenes Hand, auf seinem Knie ruhend, ineinander verflochten hatten und ein neues Wärmezentrum bildeten, das der Kälte widerstand.

12. / 13. November, Mitternacht und die Stunden danach

Das Bezindepot lag außerhalb von Dietikon, versteckt in einer ehemaligen Kiesgrube. Der Konvoi fuhr erst ins Städtchen hinein, wurde von einem Wachtposten in die Irre geleitet und von einem andern zurückgeschickt.
Jean Berzine strich ein Streichholz an, um auf seine Taschenuhr zu schauen, blies es gleich wieder aus: Bald ein Uhr.
Kaum zu glauben, sagte seine Frau, jetzt sind wir schon fast zwölf Stunden unterwegs.
Maria war ebenfalls erwacht, klagte über Kopfweh, über die eisige Kälte in ihren Füßen.
Ich hab dir ja gesagt, du sollst nicht die Schuhe ausziehen, erwiderte Rosa Berzine. Sie packte Marias Füße, die über den Sitz herunterhingen, knetete sie ein bisschen, platzierte sie in die Lücke zwischen sich und Jean Berzine und breitete ihren Wollschal darüber.
Endlich hatte de Weck im sich lichtenden Nebel die richtige Abzweigung gefunden; sie bogen, dicht hinter dem *Sigma*, in einen Feldweg mit tiefen Radspuren ein, der sich zunächst leicht senkte. Dann schien es, als tue sich die Erde auf; zwischen schroff ansteigenden Wänden fuhren sie in die Grube hinein. Ein

Stacheldrahtzaun mit einem verschlossenen Tor hielt sie auf; dahinter stand ein langer Schuppen, neben dem sich, knapp erkennbar, leere Fässer stapelten. Der Besitzer und sein Gehilfe hatten seit einer Stunde auf den Konvoi gewartet; im Scheinwerferlicht tauchten sie schattenhaft auf, in langen Mänteln und mit tief in die Stirn gezogenen Mützen. Sie öffneten das Tor; die Kolonne rollte ins abgesperrte, von losem Kies bedeckte Gelände, hielt an, wie es sich ergab; die Füsiliere stiegen aus, bezogen die vorgeschriebenen Positionen; die Russen mussten auch diesmal in den Fahrzeugen bleiben.

Der Besitzer des Depots, dessen aufgedunsenes Gesicht etwas Unheimliches hatte, beschwerte sich bei de Weck über die Verspätung. Nicht genug damit, dass er aus dem Bett geholt worden sei; nun habe er auch noch stundenlang in der Kälte herumgestanden und sich womöglich einen Katarrh geholt, was den Körper erst recht anfällig mache für diese elende spanische Grippe.

De Weck brachte ihn mit einer zornigen Handbewegung zum Schweigen. Tausende von Soldaten harren diese Nacht in Kälte und Nebel aus, um Ihresgleichen zu beschützen. Seien Sie froh, dass Ihr Benzin nicht einfach konfisziert wird.

Der Besitzer wich einen halben Schritt zurück, gab sich aber noch nicht geschlagen. Wenn Sie wenigstens in harter Währung bezahlen würden, lamentierte er, ich kann nur beten, dass Ihre Armee-Gutschei-

ne gedeckt sind. Letztes Mal dauerte es vier Wochen, bis ich zu meinem Geld kam. Denken Sie, ich hätte keine Verpflichtungen?
Hier wird nicht verhandelt, sagte de Weck rüde, hier wird gehorcht! Sie haben vierhundert Liter zugesagt, und die rücken Sie jetzt heraus.
Aus dem Auto, das ihnen am nächsten stand, ertönte ein Gelächter. Wenn's um Geld geht, sagte jemand auf Deutsch, dann wissen sich die Schweizer zu wehren.
De Weck tat, als habe er nichts gehört. Er rief die Korporale zu sich; sie schwärmten aus, gaben seine Befehle weiter. Auf dem notdürftig beleuchteten Gelände entstand eine fortlaufende Bewegung, bei der ein Dutzend Schattenmenschen mit dem hin- und herwogenden Nebel verschmolzen und sich plötzlich wieder, in klobige Gestalten verwandelt, aus ihm lösten. Sie rollten die Fässer herbei, stellten sie mit Hauruck-Rufen auf, zapften sie an; dann wurden die Kanister einzeln abgefüllt und zu den Fahrzeugen gebracht, das Benzin durch angeschraubte Stutzen in die Tanks gegossen.
Nein, es gebe kein einfacheres Abfüllverfahren, verteidigte sich der Besitzer gegen de Wecks Ungeduld; dieses hier habe sich bewährt, er wende es seit Jahren an, und wie es anderswo gemacht werde, kümmere ihn nicht.
Samuel stand Wache, musste inmitten der befohlenen Geschäftigkeit am gleichen Fleck ausharren, den

Blick auf zwei oder drei Fahrzeuge zugleich geheftet, die, auch wenn sie bloß ein paar Schritte entfernt waren, durch den Nebel entrückt schienen. Er roch verschüttetes Benzin, hörte, wie de Weck einen Soldaten zurechtwies, ihm mit Arrest und Urlaubssperre drohte, hörte Protestgemurmel, das von allen Seiten kam. Manchmal malte Samuel sich eine Revolte aus, die genau in einer solchen Stimmung begann: Szenen von Überwältigung und Triumph, de Weck auf den Knien, um Gnade bettelnd; diese arrogante, beherrschte Miene, die endlich auseinanderfällt. Aber was nach der Entmachtung des Leutnants geschehen würde, wusste Samuel nicht; er trachtete bloß danach, die Verhältnisse umzukehren, dem Peiniger den Fuß auf den Kopf zu setzen, und kaum hatte er sich in der Phantasie gerächt, plagte ihn das schlechte Gewissen; er befahl sich, ein gehorsamer Soldat zu sein, das Gemeinwohl über sein eigenes zu stellen und die Unzulänglichkeiten seiner Vorgesetzten, so wie's Pater Felix ihm nahegelegt hatte, zu ertragen. Aber auch wenn diese Stimme die vertrautere war, so verstummte die andere, die aufsässige und rebellische, nicht; es schien ihm plötzlich, all die Prinzipien, die er herunterbeten konnte wie den Rosenkranz, hätten sein wahres Selbst mit einer dünnen Lackschicht überzogen; die begänne nun abzublättern, und darunter käme etwas Nacktes und Neues zum Vorschein, vor dem er sich fürchtete.

Es dauerte länger als eine Stunde, bis die komplizierte Abfüllprozedur abgeschlossen war. Als Maria jammerte, ihr sei schlecht, bat Samuel den Leutnant um Erlaubnis, sie ein paar Schritte vom Wagen weg hinter den Schuppen zu führen. Sie begann zu würgen; er stützte sie, glaubte unter seiner Hand ihren raschen Herzschlag zu spüren.
Das kommt vom verdorbenen Tee, sagte Maria anklagend.
Samuel wischte ihr mit seinem Taschentuch den Mund sauber. Vielleicht bist du einfach müde, sagte er.
Jetzt geht's schon besser, sagte sie, aber Kopfweh habe ich immer noch. Ihr Gesicht war ein heller Fleck, der nicht verriet, ob sie wirklich lächelte.
Als sie wieder im Auto saß, sorgte die Balabanoff für neue Unruhe. Wollt ihr uns im Wagen erfrieren lassen?, rief sie zum Autofenster heraus.
Wir fahren bald weiter, sagte Doktor Jacob, zu ihrem Fahrzeug tretend, in höflichem, aber kaltem Ton. Es dauert nur noch ein paar Minuten.
Die Frage des Rauchens, sagte die Balabanoff spöttisch, sollte aber vorher geklärt werden.
Auf diesem Gelände wird nicht geraucht, entgegnete Jacob. Es wäre sträflicher Leichtsinn, es dennoch zu tun.
Ach so. Sie wissen doch, ich bin der revolutionäre Leichtsinn in Person. Die Balabanoff steckte sich eine Zigarette, die sie zwischen den Fingern beinahe

zerkrümelt hatte, in den Mund, riss rasch, bevor sie jemand daran hindern konnte, ein Streichholz an, hielt, sich vorbeugend, die Zigarette in die Flamme, bis sie an der Spitze aufglomm, und warf dann das brennende Streichholz aus dem Fenster, Jacob beinahe vor die Füße. Jacob entfuhr ein erschrockener Laut; doch er rührte sich nicht. Das Hölzchen, das nach dem Wurf beinahe erloschen war, loderte plötzlich auf, als wäre es zehnmal so groß. Samuel, der in Jacobs Nähe stand, sah wie in einem Wachtraum das ganze Depot brennen; er machte, ohne zu überlegen, einen Sprung auf Jacob zu, trat die Flamme, die schon geschrumpft war, mit dem Absatz aus.
Brav, sehr brav, lobte Jacob, als er die Sprache wieder gefunden hatte; zur Balabanoff sagte er tadelnd, in nachklingendem Schrecken: Das war kindisch von Ihnen. Wir könnten Ihretwegen alle in die Luft gegangen sein.
Was ist da drüben los?, fragte de Weck, der dauernd in Bewegung war, aus zwanzig oder dreißig Metern Distanz.
Schon gut, wiegelte Jacob ab, ein Missverständnis.
Zum Glück, sagte die Balabanoff zu Jacob, stehen Ihnen todesmutige Soldaten zur Seite. Sie drückte ihre Zigarette am Fensterrahmen aus, schnippte sie weg ins Dunkel.
Zalkind hatte bisher geschwiegen; nun war auch seine Stimme zu hören: Jedes Land hat bekanntlich die Helden, die es verdient.

Beschämt zog Samuel sich zurück; seine Reaktion kam ihm plötzlich unangemessen vor; er hatte Angst, auch Helene würde ihn auslachen. Doch das Bild vom großen Brand ließ sich nicht vertreiben: Funkengarben, Flammen, die nach ihm griffen, ein Glutschein, der den Himmel rötete, ein Angstfeuer. Ungehorsame Jungen, hatte die Großmutter gesagt, als er ein Kind war, würden beim Jüngsten Gericht vom Todesengel ins Feuer geworfen. Es gibt einen wiederkehrenden Traum, da ist er auf der Flucht, nachts oder in der Dämmerung. Eine breite Feuerfront jagt ihn vor sich her; erst der Fluss, über dessen Oberfläche Ascheflocken treiben, hält ihn auf. Die Großmutter, die mit ihm geflohen ist, schaut zurück. Es ist der Weltenbrand, sagt sie mit ihrer Kirchenstimme; dem Zorn Gottes entgeht keiner. Samuel weiß, dass er sie jetzt, um sich zu retten, opfern müsste, denn wenn das Feuer sie verzehrt, kommt er lebendig davon; aber er zieht sie, obschon sie sich sträubt, mit ins Wasser, das viel wärmer ist, als er denkt; sie klammern sich aneinander, werden fortgetragen, wohin weiß niemand.

Als vor dem Stacheldrahttor plötzlich ein Radfahrer auftauchte, schlug die Wache, die de Weck dort postiert hatte, Alarm. Der junge Mann, der eingeschüchtert vom Rad stieg, war zur ehemaligen Kiesgrube gefahren, um dem Depotbesitzer, im Auftrag seiner Frau, von den neusten Gerüchten, die im Dorf von Haus zu Haus gingen, zu berichten. Er war ein Stotterer, verfing sich, angesichts der Soldaten, die ihn umringten, in seinen Sätzen wie in einem Gestrüpp, aus dem er keinen Ausweg fand. Dennoch machte er sich schließlich, in immer neuen Anläufen, verständlich: Die Roten hätten in Bern am Abend die Macht übernommen; die Ordnungstruppen hätten sich entzweit und aufeinander geschossen; Tote lägen in den Straßen. Grimm und seine Getreuen säßen bereits im Bundeshaus; nun werde Rache genommen an den Bürgerlichen und schon morgen alles auf den Kopf gestellt.

O doch, brachte er auf Doktor Jacobs skeptische Einwände hervor, es sei wahr, man wisse es von einer nahen Bahnstation, dort habe man Telegramme aufgefangen; in den paar Häusern am Dorfrand, wo die Sozis wohnten, werde schon gefeiert.

Die Soldaten schauten einander an; der Lampenschein, der einige Gesichter hervorhob, andere halb im Dunkeln ließ, zeigte, wie Samuel es schien, Reaktionen, die zwischen Unglauben und Angst schwankten; aber hier und dort, vor allem bei den Welschen, glaubte er auch kaum verhohlene Genugtuung zu erkennen.

De Weck hatte sich von Kopf bis Fuß versteift. Nehmen Sie sich zusammen, fuhr er den Boten an, Sie sind auf bolschewistische Propaganda hereingefallen. Wenn Sie weiter solchen Blödsinn reden, lasse ich Sie einsperren!

Der Mann stotterte etwas Unverständliches, griff schutzsuchend nach dem Lenker seines Fahrrads, das ihm ein Füsilier abgenommen hatte.
Jacob legte seine Hand auf de Wecks Oberarm, wie jedesmal, wenn er den väterlichen Part in ihrem Spiel übernahm. Sogar wenn es so wäre, könnten wir auf die nächsten Stunden hoffen, sagte er. Glauben Sie denn, eine zutiefst bürgerliche Nation wie die unsere lasse sich im Handstreich nehmen? Wir sind hier nicht in Russland, wir haben andere Traditionen.
Doch der Depotbesitzer, der inzwischen wusste, wer in den Wagen saß, ließ sich nicht beruhigen; die abwehrende, beinahe geduckte Haltung, die er einnahm, verriet Angst. Er sei keineswegs bolschewistenfreundlich, sagte er mit einem kleinen, anbiedernden Lachen; darum dulde er die Russen keine Minute länger als nötig auf seinem Grundstück. Wer weiß, plötzlich rücke ein Stoßtrupp an, um sie zu befreien, und was ein Scharmützel hier bedeute, dürfte jedermann klar sein. Die Kolonne möge bitte verschwinden; er habe die vierhundert Liter geliefert, sogar etwas mehr, die Sache sei somit erledigt.
Der Leutnant schob verächtlich seine Unterlippe vor und befahl die sofortige Abfahrt. Der Radfahrer war schon in Nebel und Dunkelheit zurückgetaucht; von weiter unten hörte Samuel, wie die Reifen über den Kies knirschten. Der Depotbesitzer hatte es so eilig, dass er sich nicht einmal die Mühe nahm, die Gut-

scheine, die ihm de Weck in die Hand drückte, zu überprüfen.
Die Kolonne formierte sich. Nach minutenlangem Manövrieren fuhren die Autos in der gewohnten Reihenfolge durchs Stacheldrahttor.

Im *De Dion Bouton* sind Lethargie und Schläfrigkeit einer erwartungsvollen Wachheit gewichen. Obschon de Weck den Radfahrer nicht in die Nähe der Fahrzeuge ließ, wissen alle Bescheid. Samuel errät es aus kleinen Gesten, aus bestimmten Betonungen russischer Sätze, in denen Genugtuung, ja Triumph mitschwingt. Hat es auch mit dem Radfahrer zu tun, dass Helene und Maria ihre Plätze nun wieder miteinander tauschen? Eigentlich ist es Maria, die erneut nach vorne will; aber Helene gibt ohne weitere Umstände nach, sogar, so scheint es Samuel, mit einer gewissen Erleichterung. Er fühlt sich von ihr, obschon sein Verstand dies als Widersinn durchschaut, verraten, nein, noch schlimmer: verschmäht, als sei sie seiner von einer Minute auf die andere überdrüssig geworden oder als mindere die Zugehörigkeit zu den mutmaßlichen Verlierern seine Attraktivität. Er weiß, wie leicht durchschaubar es wäre, wenn er befehlen würde, die vorherige Sitzordnung wieder herzustellen. Die Stelle am Oberschenkel, wo er Helenes Druck erwiderte, wird kalt und kälter; auch auf verlassener Haut kann ein Gefühl der Betäubung entstehen. Dass Maria sich zu ihm herüberneigt, dass ihr

Kopf bald wieder an seiner Schulter liegt, ist angenehm und belanglos zugleich; ihre Berührung lässt ihn umso stärker Helenes Nähe vermissen.
Mauron, dessen Profil er manchmal im unruhigen, von hinten kommenden Scheinwerferlicht erkennt, scheint die ganze Zeit in sich hineinzulächeln. Samuel hat dem Welschen von Anfang nicht getraut, ihn für einen verkappten Roten gehalten. Seine Oberlippe bewegt sich unablässig wie die Schnauze eines Kaninchens; er schaltet die Gänge plötzlich mit aggressiven Rucken, bremst abrupter, weniger rücksichtsvoll. Wenn Leute wie er zu den neuen Herren gehören, dann gute Nacht; aber was zählt dies gegen den Verlust eines Körpers, mit dem er sich in Gedanken schon ein Dutzend Mal vereinigt hat! Doch kaum ist die Sünde gedacht, fällt man ins Loch der Scham. Hast du gesündigt in Gedanken oder in der Tat? Das war die Frage im Beichtstuhl, vor der er sich am meisten fürchtete, obschon Pater Felix sie schonungsvoll zu stellen pflegte und die Verzeihungsbereitschaft der Mutter Kirche wie einen goldnen Hintergrund auf mittelalterlichen Altartafeln durch sie hindurchschimmern ließ. Immer hatte Samuel gesündigt in Gedanken oder in der Tat; unablässig verstieß er gegen Vorschriften und Regeln; es gab keine Unschuld in ihm, keine Reinheit. Du musst bereuen und Buße tun, sagte Pater Felix, du musst unermüdlich an deiner Besserung arbeiten, dann bist du angenommen in deiner ganzen Unvollkommenheit. Aber es gab Tage und

Wochen, in denen Samuel, zu seiner Bestürzung, nicht anders konnte, als an Gottes umfassender Liebe zu zweifeln; die Bilder von verstümmelten Körpern, die ihn nachts bedrängten, verstärkten die Zweifel, und wenngleich er immer häufiger dachte, nicht die Liebe Gottes, sondern jene der Menschen, welche auch immer, wäre im Grunde die stärkste Gegenkraft zum Krieg, so hatte er in seinem letzten Gespräch mit dem sterbenden Pater Felix versäumt, dies laut zu sagen.

Sie haben die Nebelzone beinahe durchquert. Hin und wieder tauchen noch einzelne Schwaden auf, gleiten vorbei, scheinen an Bäumen hängenzubleiben. Dann wird die Nacht wieder dunkler und herrischer; das Scheinwerferlicht schlägt Schneisen in sie. Man friert, man ist bei sich, man erträgt das Gewicht der Uniform; irgendwo ist ein Himmel, in den die Großmutter einst, so hat sich's das Kind Samuel vorgestellt, hunderttausend Sterne stickte.
Nun, Herr Soldat, fragt Helene nach ein paar Minuten schweigender Fahrt, was denken Sie jetzt? Es ist einer ihrer Frage-Überfälle, die ihn augenblicklich verdummen und versteinern lassen.
Wie meinen Sie das?, fragt er mit trockenem Gaumen zurück.
Sie lacht, leicht und obenhin. Tun Sie doch nicht, als ob nichts geschehen wäre! Die Lage sieht jetzt, für uns und für Sie, ganz anders aus.

Ich glaube nicht an diese Gerüchte, sagt Samuel.
Und wenn sie doch wahr wären? Für Ihre Zukunft kann es wichtig sein, wie Sie uns behandeln.
Haben Sie Grund zu Klagen?, fragt Samuel.
Mauron erstickt ein Hüsteln auf eine Weise, die ebenso Spott wie Zustimmung bedeuten könnte. Das Hin und Her mutet Samuel plötzlich kindisch an; er schämt sich, verstummt.
Jean Berzine gähnt, sagt auf Russisch etwas zu Helene, was wohl heißt, sie solle Samuel in Ruhe lassen; dem fügt er, an ihn gerichtet, auf Französisch bei: Ihr Leutnant wird, wie ich ihn einschätze, seinen Auftrag um jeden Preis erfüllen wollen. Wir werden ja spätestens an der Grenze erfahren, wie es steht. Dann kehren wir einfach um und fahren zurück. Man wird uns in Bern, nehme ich an, mit Begeisterung empfangen.
Mich nicht, sagt Rosa Berzine, ich kehre nicht zurück! Meinst du, wir würden jemals glücklich in dieser engherzigen Stadt, unter diesen Arkaden, in denen man sich fühlt wie in einem Gefängnis? Ich will zurück nach Russland, wo's nach Weite riecht, und das willst du doch auch.
Sie redet auf Russisch weiter; ihr Mann entgegnet, nicht ohne leisen Spott, auf Französisch, Rosa verkenne, dass die Revolution auch die bernische Mentalität in kürzester Zeit verändern werde und dass Bern im übrigen allerlei Vorteile biete, die man keinesfalls verachten dürfe. Rosa beschuldigt ihn, das

tägliche Weißbrot auf seinem Tisch mehr zu schätzen als genügend Schwarzbrot fürs Proletariat; sie verstricken sich in eine ihrer Auseinandersetzungen, in die Jean Berzine aber schon nach ein paar Sätzen versöhnliche Töne zu bringen versucht; es scheint ihm nichts auszumachen, dass Rosa, bevor sie sich wieder im Schweigen verschanzen, das letzte Wort behält.

Samuel setzt dafür, obschon er's gar nicht will, innerlich das Geplänkel mit Helene fort, legt ihr dar, dass jeder Umsturz Unrecht schaffe und Gerechtigkeit nicht Sache der Menschen sei. Seine Argumente erscheinen ihm hohl und löchrig; sie wären widerlegbar allein durch Marias naive Fragen.

Hören Sie, reißt Rosa ihn aus seinen Gedanken, warum bleiben Sie hier, in diesem verrotteten Staat? Kommen Sie doch mit uns! Wir brauchen gerade idealistische Leute wie Sie. Eine große Aufgabe erwartet Sie: der Aufbau einer neuen Gesellschaft. Jede Hand, die sich nützlich machen will, jedes Gehirn, das etwas taugt, wird gebraucht. Lernen Sie Russisch, das ist die künftige Weltsprache!

Mein Platz ist hier, antwortet Samuel, beschämt darüber, wie matt, wie leidenschaftslos der Satz über seine Lippen kommt.

Aber fühlen Sie's denn nicht: Jetzt ist die Welt wieder jung; noch vor ein paar Jahren schien sie alt und morsch. Nicht nur die Schweiz, auch Deutschland wird den Weg Russlands gehen. Diese kompromiss-

lerische Republik, die Scheidemann ausgerufen hat, wird von kurzer Dauer sein.
Du glaubst wohl doch nicht ganz an die helvetische Revolution, sagt Berzine sarkastisch. Sonst dürftest du ihn nicht weglocken; dann würde auch hier jede Hand zum Aufbau gebraucht, nicht wahr?
Lenin, sagt Rosa, hat den Pessimismus einmal als Krankheit der Intellektuellen bezeichnet. Ich bin Optimistin, im Gegensatz zu dir.
On verra, antwortet ihr Mann, und Maria murmelt im Halbschlaf: Ihr seid dumm, dumm!
Samuel indessen lauscht dem Satz nach, den er ausgesprochen hat: *Mein Platz ist hier*; und die falschen Töne, die er enthielt, vereinigen sich mit Rosas *Kommen Sie mit!* zu einer quälenden Dissonanz. Wie oft hat er sich doch gewünscht, seinem Kaff zu entkommen; jeden Frühling diese unbändige Sehnsucht, die Gesichter, in die er hineinreden muss, hinter sich zu lassen, all die Kindergesichter, in deren Dumpfheit er an schlimmen Tagen, wie in einer Karikatur, seine eigene Unerlöstheit gespiegelt sieht. Aufbruch, sich losreißen aus allen Bindungen, neu anfangen, dort, wo noch nichts vorbestimmt ist; es wäre die Erfüllung, nein, die Explosion aller ungelebten Möglichkeiten. Aber seine kümmerlichen Anläufe brachten ihn, abgesehen von ein paar Ausflügen mit dem Seminar, nie weit genug, er kam kaum über Bern und Freiburg hinaus, er schien an der Gegend, in der er aufgewachsen war, festgekettet zu sein. Einmal war er über

Pfingsten mit einem Kollegen nach Lausanne gefahren. Der Genfer See, im leichten Dunst, verhieß Weite und freundliche Bewegung; sie wollten ihn mit dem Schiff überqueren, denn am andern Ufer lag Frankreich, *la douce France;* der Berghang, der über Evian aufstieg, barg das Geheimnis der Fremde. Sie kauften Billette für die Überfahrt, scherzten, da ein starker Wind aufkam, über die Möglichkeit, seekrank zu werden. Doch als Samuel den schwankenden Steg betrat, der zum Schiff führte, ergriff ihn ein Schwindel, der sogleich in rasende Panik umschlug; mit zwei, drei Schritten rettete er sich auf den sichern Boden. Er log, dass er den Pass nicht bei sich habe, fuhr allein zurück. Ausgerechnet der Militärdienst schien ihm weitere Horizonte zu öffnen. Die langen Märsche, die durchs Mittelland zum Jura führten, machten ihm am Anfang nichts aus. Er freute sich, als seine Kompagnie an die Grenze verlegt wurde; doch der Dienst, der so viel an Neuem versprach, war eine Falle; die Hügel und Felsen, die Patrouillengänge, die Befehle, der Drill, die immer gleichen Gesichter: all dies verschmolz zu einer Monotonie, in der man sich verlor und dennoch dauernd an innere Mauern stieß. Man stand irgendwo unter einem Baum, starrte hinaus ins Grenzgebiet, wo überall die gleichen Bäume wuchsen; man hörte Geschützdonner von ferne, wartete auf den Feind, der sich nicht zeigte. Die Beklommenheit, die zunächst alle Gedanken besetzt hatte, die Unsicherheit, ob morgen oder übermorgen der

Ernstfall eintrete, wichen der Langeweile; manchmal beneidete Samuel die andern, die jenseits der Grenze aufeinander schossen, um die Gefahren, denen sie sich aussetzen mussten. Es war eine Gedankensünde, dies zu tun; Pater Felix hätte ihn deswegen getadelt. Doch diese Nacht, diese eine Nacht führt ihn so weit wie noch nie; sie ist so anders, dass er aus allem Gewohnten herausgefallen ist. Man fährt und fährt; es gibt die Kantone, die man an den Fingern aufzählen könnte, Bern, Aargau, Zürich, Thurgau. Aber was bedeuten sie in der Dunkelheit? Man durchfährt sie wie einen grauen See; dass die Häuser ihre Form verändern, dass die Menschen andere Dialekte sprechen, steht nur in den Büchern. *Kommen Sie mit:* Ein solcher Satz bringt einen in Aufruhr, man möchte weg und muss bleiben. *Mein Platz ist hier:* wen will er überzeugen? So stickig ist es plötzlich im Wagen, dass ihm das Atmen schwer fällt; er legt die Hand auf die Brust, um den eigenen Herzschlag zu spüren.

Motorengeräusche, das Schnarchen Berzines, über das sich, als Oberstimme, Marias Atemzüge legen, und jetzt doch der Schlaf, trotz des Stechens am Brustbein, ja, am liebsten eine Weile schlafen. Da ist ein See, anmutig unter Wolken, da sind die Boote. Man ruft Samuel etwas zu, man winkt ihn heran, doch er zieht sich sorgsam die Schuhe aus, watet ins Wasser, dann beginnt er zu schwimmen. Ist er nackt? Nein, er hat vergessen, seine Kleider abzulegen, sie saugen sich voll; dennoch schwimmt er weiter, bis beide Ufer unerreichbar scheinen. Wohin will er? Das weiß er nicht; das Gewicht der Kleider zieht ihn hinunter, er schnappt nach Luft, das Wasser dringt in seinen Mund, etwas packt ihn, reißt in die Höhe; er sieht über sich einen gewaltigen Vogel, in dessen Klauen er hängt. Es ist Phönix aus der Asche, sagt er sich in überströmender Dankbarkeit, es ist Phönix, der mich zu Helene trägt. Doch der Vogel lässt ihn fallen, und er stürzt kopfvoran durch blaue kalte Leere, stürzt auf Martha, nein, auf Helene zu, er fällt und schreit, und so wacht er auf, geweckt von seiner eigenen, aber auch von Helenes Stimme, die fragt: Was haben Sie denn?

Nichts, sagt er, und nach einer Pause: Ich habe schlecht geträumt.

Kein Wunder. Sie berührt flüchtig seine Schulter. Diese Nacht zieht wohl die bösen Träume an. Ihre Stimme, die beinahe flüstert, verrät eine Unsicherheit, die sie plötzlich mädchenhaft erscheinen lässt; er sieht sie als Kind allein in einem dunklen Zimmer, mit weit aufgerissenen Augen, und er hält den Atem an, damit ihre Furcht seine nachklingende nicht noch verstärkt; zugleich überfällt ihn von neuem die Sehnsucht nach ihrer Berührung.

Wovon würden Sie denn träumen?, fragt er, als sein Pulsschlag sich beruhigt hat.

Ach, sagt sie, wegwerfend, aber mit traurigem Unterton, was wissen Sie überhaupt von mir!

Mauron räuspert sich. Da draußen, sagt er, sieht man wieder die Sterne.
In der Tat, hinter der Frontscheibe steht, hoch über Baumwipfeln, das Sternbild des Großen Wagens: funkelnde Punkte, deren vertraute Anordnung sich all dem Fremden dieser Nacht widersetzt. Vorsichtig bringt Samuel die schmerzenden Beine in eine andere Lage. Maria, eine Handbreite von ihm weggerückt, schläft an seiner Seite, und er will sie nicht wecken. Sie ist beinahe vom Sitz gerutscht, hat den Kopf nach hinten geneigt; ihr Gesichtsoval, das er im Dunkeln erkennt, rührt ihn durch seine Kleinheit. Der Gedanke, dass er den Schlaf eines Kindes behütet, durchläuft seine aufgewühlten Gefühle wie ein klarer Bach.

13. November 1918, früher Morgen

Wieder Wald. Wenn man den Städten ausweicht, durchfährt man Wälder; dass es im Mittelland so viel Wald gibt, hat Samuel nicht gewusst. Es gab den Märchenwald, als er klein war; darin verirrten sich Hänsel und Gretel, die Eule umkreiste Joringel, um ihn zu bannen. Es gab die winzige Lichtung in seinem Wald, die ein Geheimnis war, weil nur er und Julia sie kannten, diesen zimmergroßen, bemoosten Fleck im Unterholz; es gab später die Nachmittage, an denen sie Heidelbeeren sammelten und ihre Finger und Lippen sich tiefblau verfärbten; oder sie trugen Tannzapfen zusammen und staunten, wie sperrig sie sich anfühlten, wenn ihre Hände sie umschlossen. Sie warfen sie in den Leiterwagen; Julia kletterte hinein, setzte sich auf die Zapfen, zog lachend ihre dünnen Beine an, und Samuel brauchte seine ganze Kraft, um den Wagen aus der Senke zu ziehen; er kam sich stark vor, unbesiegbar. Eine Kindheit lang hatte der Wald ihn verzaubert; Vogelrufe, die Rauheit und Glätte der Rinden, die Festlichkeit des jungen Laubs, der Geschmack des Sauerklees: dies alles war zusammengeklungen in einer innern Musik, für die er weder Worte noch Noten fand.

Doch der Wald, in den der Konvoi jetzt eindringt, gleicht einem wesenlosen Feind. Lichtkegel irren

über gefällte Bäume, scheinen in Erde und Laub zu versickern. Noch ahnt man hier und dort den Himmel; dann schließen sich mit jedem Meter die Wipfel enger zusammen, Büsche links und rechts streifen die Karosserie, Äste schlagen ans Fenster.
Maria, noch halb im Schlaf, greift nach Samuels Hand, und Mauron sagt grimmig: Wohin führt er uns jetzt, dieser Dummkopf? Das ist doch keine Straße mehr!
Der Wagen sackt in ein Loch; mit spulenden Rädern kriecht er hinaus.
Das ist ja die reinste Folter, sagt Rosa Berzine, wo sind wir bloß?
Weiter hinten wird gehupt; der *Sigma* bleibt endgültig stecken, und damit kommt die ganze Kolonne zum Stehen. Mauron, der schon ausgestiegen ist, flucht und warnt, dass es da draußen sumpfig sei. De Weck befiehlt Kader und Mannschaft zu sich; man hört das Zuschlagen der Autotüren.
Gehen Sie nur, sagt Berzine zu Samuel, Ihr Leutnant ist offenbar überzeugt, dass hier keiner fliehen wird.
Aber er hat sich verfahren, der Gute, sagt Rosa mit einem ungläubigen Lachen. Dabei ist das Land so klein.
Es wird bald Morgen, sagt Helene. Dann sehen wir wenigstens, wo wir sind.
Mitten im Wald sind wir, sagt Samuel, während er die Beine übers schräg gestellte Gewehr hinweg ins Freie schwingt. Er sinkt sogleich ein, ertastet mit der

Schuhspitze Gras und Steine, ein mit Wasser gefülltes Karrengleis; er hört Maria hinter sich sagen: Jetzt habe ich den ganzen Platz für mich allein. Er zwängt sich, zwischen Blech und Gezweig, am Wagen vorbei, stapft die paar Meter bis zum Lichtkreis rund um den Leutnant. Die andern gesellen sich, von hinten kommend, hinzu; ihr Atem wölkt durch die Lichtzone, verfliegt; der Benzingeruch weicht den schweren Gerüchen des Walds.
Samuel fühlt sich eingekeilt und macht sich starr, starrer noch als der Leutnant, der in der Dunkelheit überall Ungehorsam wittert. Der Weg sei nicht richtig eingezeichnet, sagt de Weck; er werde sich bei der Landestopographie beschweren, die habe lausige Arbeit geleistet.
Was tun wir jetzt?, fragt Korporal Riedo. Wir müssen zurück, aber wie wir hier wenden können, das soll mir erst einer sagen.
Sie reden erst, wenn Sie gefragt werden, Riedo!, herrscht de Weck ihn an; etwas Scherbelndes ist in seiner Stimme, das Samuels Gefühl von Unsicherheit verstärkt.
Wir sind in einer ungemütlichen Lage, Herr Leutnant, bemerkt Doktor Jacob in seiner vorsichtigen Art. Vielleicht wäre es klüger, die Morgendämmerung abzuwarten. Dann werden wir sehen, ob es Ausweichstellen und Wendeplätze gibt.
Nein. Wir haben, verdammtnochmal, schon genug Zeit verloren. De Weck versucht die Karte zusam-

menzufalten; halb zusammengeknüllt reicht er sie an seinen Fahrer weiter. Ich befehle folgendes: Die Kolonne fährt zurück bis zur letzten Verzweigung, und zwar im Rückwärtsgang. Hinter jedem Wagen weist ein Füsilier mit einer Lampe den Weg. Also Schritttempo und allergrößte Vorsicht, verstanden!
Das sind zwei, drei Kilometer im Rückwärtsgang, protestiert Mauron, das schaffen wir nicht, bis dahin fällt mir der Kopf ab.
Ein paar lachen verschämt; de Weck verbittet sich dumme Sprüche, teilt dann den Rückzugsbefehl – erstens, zweitens, drittens – in zahlreiche Einzelbefehle auf. Die Nummerierung erweckt den Anschein wiederhergestellter Ordnung, und Samuel spürt im Verhalten des Leutnants einen verzweifelten Trotz, den er besser versteht als alle Posen.

Das Dröhnen der Motoren fiel über die schwindende Nacht her. Den beiden Camions, die jetzt an der Spitze der Kolonne waren, gelang es, knapp hundert Meter zurückzukriechen; dann stellte sich der vordere Camion schräg, die Antriebsräder gruben sich in die nasse Walderde ein. Man musste Bretter unter sie schieben, eine Fahrtrinne schaufeln, die Unterlage mit zusammengerollten Plachen verstärken; zudem brauchte es die Kraft von einem Dutzend Männer, um ihn anzuheben. Auch Samuel stemmte sich, stöhnend vor Anstrengung, irgendwo in der Reihe gegen den schweren, unbeweglichen Wagenleib, roch das verbrannte Öl, den Schweiß der Nachbarn, stimmte ins Gefluch und Gelächter ein. Die Gesichter wurden heller in der Morgendämmerung. Eine ungewohnte Hitze durchdrang Samuel von Kopf bis Fuß, machte ihn lebendig und stürmisch; er wünschte sich, dass Helene ihn sehen könnte, dass seine Kraft auch sie erreichte und ihre Spottlust bändigen würde. Doch die Wageninsaßen ließen sich diesmal weder sehen noch hören.

Kaum hatte der erste Camion wieder ein paar Meter zurückgelegt, kippte der zweite, der ihm gefolgt war, sanft auf die linke Seite. Ein Fichtenstamm bewahrte ihn vor dem endgültigen Sturz. Der Fahrer kletterte aus seiner Kabine; der Leutnant beschuldigte ihn, zu wenig vorsichtig gewesen zu sein, und beruhigte sich erst, als Doktor Jacob, der durch den Matsch bis zur Unfallstelle gewatet war, eindringlich in sein Ohr zu sprechen begann.

De Weck überlegte, gestand widerwillig: Es ist wahr, wir müssen wenden.

Man war unterdessen in einer Situation, die die militärischen Umgangsformen außer Kraft setzte, und de Weck tat, als merke er's nicht. Die Männer machten, durcheinander redend, Vorschläge, wie man sich aus dem Schlamassel retten könnte. De Weck, der immer kleinlauter wurde, setzte zumindest eine Redeordnung durch; es wurde, während der Streifen Himmel über ihren Köpfen sich allmählich aufhellte, beinahe ein Palaver daraus. Unbemerkt von den

meisten, hatten sich der Gruppe auch zwei Russen, Zalkind und Schklowsky, genähert; sie duckten sich hinter den Camion und beobachteten, was vor sich ging.
Nach ein paar Minuten kam es, der Form halber, zu einer neuen Befehlsausgabe, bei der de Weck wieder den gewohnten forschen Ton anschlug; es war indessen allen klar, dass er die Ideen zum Wendemanöver der Mannschaft zu verdanken hatte. Zuerst sollte der gestrandete Camion mit Seilen in die Normallage zurückgezogen, danach an der Spitze der Kolonne eine freie Fläche gerodet werden, die fürs Wenden groß genug war; dabei sollten auch die Russen helfen. Zalkind und Schklowsky, die aus ihrem Halbversteck hervortraten, protestierten vergeblich; sie seien, sagten sie, nicht gekleidet für grobe Arbeiten, und überhaupt seien sie nicht schuld daran, dass der Konvoi sich verirrt habe.
Sie sind meinem Befehl unterstellt, sagte de Weck trocken, mit einem Anflug von Spott, denn er spürte, dass die Soldaten in diesem Punkt wieder auf seiner Seite standen. Sie sorgen jetzt dafür, dass die gesamte sowjetische Mission, Frauen und Kinder ausgenommen, in zwei Minuten hier vorne antritt. Oder ich setze Sie bei der nächsten sich bietenden Gelegenheit in Haft.
Wie denn wohl?, maulte Zalkind. Wollen Sie uns in Ketten legen?
Aber die beiden waren schon geschlagen und gingen

zurück zu den Autos, um den Landsleuten de Wecks Befehle schmackhaft zu machen.

So kam es, dass im Morgengrauen des dreizehnten November Freiburger Soldaten und ausgewiesene Bolschewisten gemeinsam ein Stück Wald rodeten. Ein paar Frauen wollten, nachdem sich die anfängliche Empörung gelegt hatte, nicht hinter den Männern zurückstehen. Rosa Berzine machte de Weck klar, dass im neuen Russland Frauen die gleichen Rechte und Pflichten hätten wie die Männer; sie bewegte auch Helene dazu, ihr zu folgen.

Statt des Motorenlärms erfüllten nun andere Geräusche den Wald, das Hallen von Äxten, das Krachen stürzender Bäume, Warnrufe, Befehle; und immer wenn es einen Augenblick still wurde, setzte das Gezwitscher der Vögel ein.

Es war junger Fichtenwald, den sie auf einer Fläche von vielleicht zwei Aren rodeten. Korporal Riedo, der am meisten von Waldarbeiten verstand, hatte den Platz ausgemessen und die Aufgaben verteilt. Vier Äxte standen zur Verfügung. Samuel bekam eine von ihnen; er hatte sich gemeldet, als Riedo wissen wollte, wer fachmännisch mit einer Axt umgehen könne. Die federnde Nadelschicht unter seinen Füßen, holte er weit aus, trieb die Schneide ins Holz; jeder Schlag erschütterte ihn von den Zehen bis zum Scheitel, ließ ein elektrisierendes Gefühl durchs Schultergelenk schießen. Die gelbe Kerbe im Stamm, die sich, splitt-

rig und fasrig, immer weiter öffnete, gab ihm das Gefühl, über ein störrisches Wesen zu gebieten, und als der Baum fiel, entfuhr ihm ein Jauchzen, als ob die Axtschläge ihn zwölf Jahre zurückkatapultiert hätten, auf seinen Felsen im Sensegraben.
Die Russen hatten sich mit Handlangerdiensten zu begnügen; die Frauen säuberten, so gut es ging, den Boden von kleinern Hindernissen. Samuel sah, wie Rosa Berzine Sträucher mit den Wurzeln ausriss; weiter drüben schaffte Helene Tannäste beiseite. Beinahe schlug er sich mit der Axt ins Bein, als Zalkind ihr, ironisch tänzelnd, einen schweren Ast abnahm und sie dabei flüchtig umarmte.

Sobald die gerodete Fläche groß genug war, befahl de Weck, das geplante Manöver auszuführen. Der vordere Camion bog, genau wie Riedo berechnet hatte, rückwärts auf den Wendeplatz ein, fuhr, während der Fahrer das Steuer bis zum Anschlag drehte, in umgekehrter Richtung auf den Weg hinaus. Als er, unter dem Beifall der Männer, gewendet hatte, holperte er zwanzig, dreißig Meter weiter, bis dorthin, wo der Untergrund stabiler wurde, hielt dann an, rauchend in der Morgenkälte. Mit dem zweiten Camion, den man vorher aus seiner Kipplage befreit hatte, ging's ebenso leicht. Danach aber zeigte sich, dass einige der Wagen schon zu tief im Schlamm steckten; man musste sie, Schulter an Schulter, aus den Löchern wuchten. Niemand schonte sich; man nahm in Kauf, von Kopf bis Fuß verdreckt zu werden. Sogar der kränkliche Berzine stemmte sich mit Samuel gegen die Stoßstange des *De Dion Bouton;* sein Gesicht war rot angelaufen, und für einen Augenblick ging eine wilde Fröhlichkeit von ihm aus, die Samuel beinahe beängstigte.

Nach einer guten Stunde, gerade als die Sonne aufging, hatten sämtliche Fahrzeuge gewendet; die Kolonne war, in umgekehrter Reihenfolge, mit den beiden Camions an der Spitze, zur Abfahrt bereit. Leutnant de Weck gewährte eine Erholungspause; er setzte sich, erschöpft wie alle andern, auf einen Baumstamm und schien plötzlich, unter dem Einfluss der entspannten Stimmung, nichts dagegen zu haben, dass die Nationalitäten sich miteinander vermischten, dass Zigaretten und nach Kirsch riechende Flachmänner reihum wanderten und Gespräche in Gang kamen, die noch vor Stunden undenkbar gewesen wären. Die Russen mussten zwar die Militärmesser, die sie gebraucht hatten, zurückgeben; sonst aber war die Bewachung nahezu aufgehoben. Man begutachtete, während der Zigarettenrauch über die plaudernden Grüppchen wegstrich, gegenseitig Blasen und Dornenstiche an den Händen, blaue Flecken an Armen und Beinen; man lachte über schmutzstarrende Hosen, geschwärzte Gesichter, über Schuhe, die so verklumpt waren, dass man sie gar nicht mehr als Schuhe erkannte.

Zalkind rief die Frauen und Kinder herbei, die in den Autos geblieben waren. Sie kamen durch die aufgewühlte Erde zum Wendeplatz, setzten sich ebenfalls hin. Maria wollte, dass ihr Vater sie über die schlimmste Stelle hinweg trage; Berzine tat es und setzte sie auf Rosas Schoß. Wem es von den Russen auffiel, dass die Balabanoff fehlte, sagte nichts; die Schweizer schienen sie aus ihrer Erinnerung verdrängt zu haben.
Samuel plänkelte ein wenig mit Mauron, der plötzlich viel zutraulicher war, trank ein paar Schlucke Schnaps. Doch nie verlor er Helene aus den Augen, in jedem Moment achtete er darauf, wo sie war, was sie tat, mit wem sie redete. So sah er auch, dass sie ihren Platz verließ und zwischen den Tannen verschwand. Ohne zu überlegen, folgte er ihr, in einem Bogen allerdings, der seine Absicht tarnen sollte.

Vom Nadelboden steigt Modergeruch auf; Tannenäste streifen über Samuels Kopf, seine Schultern. Die ersten Sonnenstrahlen tasten sich, zaghaft wie die Anfangstakte eines Präludiums, durch den Wald, lassen Moos aufglänzen, verzaubern Rinde und Wurzeln. Samuel glaubt, weiter vorne, überlagert von Vogelrufen, Helenes Schritte zu hören. Nach kurzer Zeit schon hat er den Fichtenschlag durchquert. Der Wald wird lichter; Buchen und vereinzelte Föhren wachsen hier, dazwischen Stechpalmen, roter Holunder. Das Laub liegt knöcheltief und glüht im

Licht wie geschmolzenes Eisen. Auf einmal ist der Waldrand, den er noch lange nicht erwartet hat, nur einen Steinwurf entfernt; er horcht wieder, hört Geraschel, Krähengekrächz; dann sieht er Helene im Freien draußen, einen Schattenriss im Gegenlicht. Er pirscht sich an sie heran, bis auf fünfzehn, zwanzig Meter, steht nun selber, hinter einer mannsdicken Buche, an der Grenze zwischen Wald und Feld; und dort drüben kauert sie, mit aufgeknöpftem Mantel, den Rock geschürzt. Er wendet den Blick nicht ab. Sie schaut hinaus ins Weite, der herabfallende Mantel lässt nur ihre bestrumpften Knie sehen, die losgelöst scheinen vom übrigen Körper. Wenn er Helenes Blick folgt, sieht er abgegraste Weiden, die von Nebelschwaden verhüllt und wieder freigegeben werden, so dass ihr Grün schwankt zwischen Blässe und beinahe frühlingshafter Intensität; er sieht Häuser, aus deren Kaminen Rauch steigt, dunstige Hügelzüge, die vielleicht schon zu Deutschland gehören.

Nach einer kurzen oder langen Zeit lässt Helene ihren Rock fallen. Sie steht gelassen auf, und der Schatten, den sie übers Gras wirft, scheint sich ins Unendliche zu verlängern; sie knöpft mit geduldig von oben nach unten wandernden Fingern den Mantel wieder zu, dreht ihren Kopf zu Samuels Buche und sagt, ohne besondere Betonung, als gehöre es zum Austausch von Höflichkeiten: Sie sind da, ich weiß es. Sie können sich ruhig zeigen.

Zuerst glaubt Samuel, vor Scham schrumpfen zu müssen. Er hält den Atem an, presst sich so stark an den Stamm, dass er die Rinde durch alle Kleiderschichten fühlt. Als Helene aber leise lacht, tritt er unsicher, mit heißem Kopf hinter dem Baum hervor, stammelt eine Entschuldigung.
Sie streicht eine widerspenstige Strähne, die unter ihrer Pelzmütze hervorschaut, hinter die Ohren zurück. Ich habe Sie nämlich gesehen, sagt sie, das heißt Ihren komischen Soldatenhut und dessen Ausbuchtung – so sagt man doch? – am Schatten des Baums. Da dachte ich gleich, Sie seien es. Sie beschirmt die Augen mit ihrer Hand, mustert ihn eindringlich und mit kaum merklicher Belustigung. Sind Sie ein Voyeur?
Ich wollte mit Ihnen allein sein, sagt Samuel mit einer kleinen, bittenden Stimme, derentwegen er noch stärker errötet.
Warum?
Um mit Ihnen zu reden.
Worüber?
Er schweigt; er kommt sich in der feuchten Uniform plump vor, wie ein Frosch.
Sie macht ein paar Schritte auf ihn zu; ihr Gesicht leuchtet im Licht. Zum Reden, sagt sie, ist es doch viel zu kühl.
Er deutet linkisch auf die Sonne hinter den Hügeln. Es wird jetzt wärmer von Minute zu Minute. Das Wetter hat in der Nacht umgeschlagen.

Ach so? Sie hebt die Augenbrauen, zwinkert gleichzeitig, was den Spott mildert.
Frost, fährt er hastig fort, hat es wohl nur in den höheren Lagen gegeben.
Wirklich? Sie reibt ihre Hände und bläst darauf; ihre Atemwolke saugt sich für Sekundenbruchteile voll mit Licht. Dann wollten Sie also unbedingt mit mir Bemerkungen übers Wetter austauschen. Aber wir müssen jetzt zurück, Sie werden sonst bestraft.
Das ist mir egal, sagt Samuel, obschon ihn der Angstkloß in seiner Kehle am Sprechen hindert. Sie haben gesagt, dass ich nichts von Ihnen weiß. Aber wie soll ich Sie kennen lernen, wenn Sie alles Wichtige verschweigen?
Sie stutzt, lacht ungläubig; er weicht ihrem Blick aus, sucht ihn wieder. Sie scheint nachzudenken, spielt mit ihrem Mantelkragen.
Von meiner Familie, sagt sie, habe ich schon einiges erzählt, ganz im Gegensatz zu Ihnen.
Ich habe eine Schwester, sagt er, sie heißt Julia.
Mein Bruder hieß Pierre, sagt sie. Unsere Eltern haben uns französische Namen gegeben; das war damals noch à la mode. Auf Russisch heiße ich Elena.
Sie schauen einander lächelnd an, überhören die misstönenden Schreie der Krähen, die sich auf der Weide niederlassen.
Fahren Sie gerne zurück?, fragt Samuel.
Ich? Wie kommen Sie darauf? Sie stellt den Pelzkragen auf, schmiegt fröstelnd ihr Gesicht hinein. Ich

sage Ihnen die Wahrheit: Ich fürchte mich vor der Heimkehr, ich zittere, wenn ich daran denke. Bei uns ist Krieg. Die Weißen haben Angelicas Elternhaus geplündert, sie werden uns zuletzt besiegen, ich weiß es. Beinahe jede Nacht erscheint mir in Angstträumen mein toter Bruder. O ja, ich bin eine sehr furchtsame und unsichere Person, und meine Überzeugungen sind gar nicht so stark, wie sie scheinen, ich spiele sie nur, wenn es sein muss. Ich möchte sein wie Angelica oder wie Rosa, so sicher und selbstgewiss. Dauernd stolpere ich über meine Zweifel, habe das Gefühl, ich sei nur aus einer Laune heraus Kommunistin geworden, weil's gerade chic war, weil ich unbedingt an etwas Neues glauben wollte, verstehen Sie? Und jetzt fürchte ich mich vor dem Tod. Es gibt Stunden, da fürchte ich mich vor allem, sogar vor mir selber.
Sie hat sich, völlig überraschend für Samuel, in Verzweiflung geredet, aber kein Trost fällt ihm ein, nur eine törichte Frage: Warum bleiben Sie denn nicht hier?
Ich darf ja nicht! Haben Sie's schon vergessen? Sie sind doch mein Bewacher.
Ich lasse Sie frei, wenn Sie wollen, sagt er, und beinahe im gleichen Augenblick bereut er seine Worte.
Sie schüttelt den Kopf. Was soll ich hier noch? Nein, ich gehöre dorthin, wo ich geboren bin. Es ist nur furchtbar schwierig, so zu leben, wie man's in der Theorie möchte. Ich bin für Gerechtigkeit und habe

trotzdem Mühe, meine Vorrechte aufzugeben. Das ist kindisch, ich weiß. Und sie fügt mit ihrem Lachen hinzu: Angelica nennt mich manchmal einen wandelnden Widerspruch.
Sie meinen die Balabanoff?
Ja. Sie ist die geborene Revolutionärin, sie leidet nicht unter Entbehrungen und Verzicht, sie haust in einer lausigen Mansarde, wenn's sein muss, isst tagelang Kohl und sonst nichts, dabei stammt sie aus besseren Kreisen als ich. Wissen Sie, ich habe unser Haus dem Petersburger Sowjet zur Verfügung gestellt, es wäre ohnehin konfisziert worden. Aber ich ertrage es nicht, wie sie mit unseren Sachen umgehen, sie haben die alten Möbel weggebracht, darunter mein Klavier, und das war für mich, auch wenn's übertrieben klingt, so etwas wie eine Amputation.
Aber den Birnbaum, sagt er, haben sie stehen lassen.
Ja, die Bäume waren immer meine besten Freunde.
Ein Klavier, sagt er, habe ich auch nicht, nur ein staubiges Harmonium im Schulzimmer, es quiekt in den höhern Oktaven.
Sie stehen dicht voreinander; Samuel weiß nicht, ob er auf sie, sie auf ihn zugegangen ist; sein Schatten verdunkelt ihr Gesicht. Er müsste sie jetzt an sich ziehen und küssen, doch er greift bloß nach ihrer Hand; zart ist sie, überraschend warm, sie verschwindet zwischen seinen Händen, die ihn, mit ihren breiten Fingernägeln, den platten Daumen, bäurisch anmuten,

prankenhaft, passend zu Marthas Händen, nicht zu ihren.
Sie haben von Briefen in Ihrem Gepäck gesprochen, sagt er, seine Aufregung bezwingend. Briefe von einem Freund?
Sie lächelt verhalten, sie überlässt ihm ihre Hand in einer seltsam leblosen Weise; die Berührung ist ganz anders als im Auto, wo sie ihm, mit Druck und Gegendruck, aufwühlende Botschaften zu senden schien.
Ich habe ein bisschen übertrieben. Es handelt sich um einen einzigen Brief; wenn Sie's genau wissen wollen, es sind ein paar Zeilen, die der Genosse Lenin vor einem Jahr an mich persönlich gerichtet hat, er lobt mich darin für meinen Einsatz als Protokollführerin und meine Übersetzungsarbeit. Das ist alles. Sie können's ja selber lesen, wenn Sie mir den Toilettenkoffer wieder beschaffen.
Ich kann kein Russisch, antwortet er brüsk.
Du solltest es lernen, Rosa hat ganz recht.
Wofür würde ich's denn brauchen?
Sie entzieht ihm ihre Hand, legt sie aber gleich wieder auf seinen Oberarm. Komm jetzt. Mit sanftem Druck lenkt sie ihn zurück in den Wald; er dreht sich schweigend um, geht durch Gras, dann, nach dem Wechsel vom Licht ins Schattengefleck, raschelt wieder Laub unter seinen Füßen. Helene bleibt an Samuels Seite, hängt sich leicht bei ihm ein; sie weichen einer Ameisenstraße aus, die sich über einen Streifen nackter Erde zieht. Mit jedem Schritt nähern

sie sich den andern; mit jedem Schritt werden die Stimmen, die man draußen auf dem Feld überhören konnte, wieder lauter.
Träumst du nicht manchmal davon, alle Brücken hinter dir abzubrechen?, fragt sie. Irgendwo neu anzufangen?
Wer tut das nicht?, erwidert er beklommen.
Komm mit uns, sagt sie leichthin und doch mit einem Locken, das ihn noch mehr verstört als Rosas pathetische Aufforderung. Ja, komm mit. Ich bringe dir unsere Sprache bei, du bist sicher sehr gelehrig.
Das meinst du gar nicht ernst, sagt er.
Doch. Man sehnt sich immer nach guten Freunden, mit denen man alles teilen kann. Freunde hat man nie genug. Ich würde mir wünschen, dass du, in guten und schlimmen Zeiten, mein Beschützer bleibst.
Die jungen Fichten, deren Zweige ineinander greifen, erschweren das Durchkommen; sie müssen nun gebückt hintereinander gehen.
Da gibt es wohl noch andere Beschützer, sagt Samuel und lässt einen Ast, den er von sich weggebogen hat, zurückschnellen, so dass er beinahe ihr Gesicht trifft.
Helene stößt einen erschrockenen Ruf aus, berührt dann von hinten mit den Fingerspitzen seinen Nacken. Sei doch nicht verstockt. Spiel ein bisschen mit.
Er lässt den Schauer, der ihn überlaufen hat, abklingen, stapft schweigend weiter. Die Stimmen sind lau-

ter geworden, aufgeregter, dazu schrillt plötzlich die Trillerpfeife.
Jetzt suchen sie uns, sagt Helene atemlos. Man wird dich bestrafen.
Er weiß nicht, ob er schneller oder langsamer gehen soll; sein Magen zieht sich zusammen. Unerlaubte Entfernung von der Truppe, so heißt sein Vergehen, man wird ihn wieder einsperren, drei Tage oder fünf; er wird vor der versammelten Mannschaft stehen, allein, mit der Wolldecke über dem Arm, ohne Gurt und Hosenträger; dann der Marsch zum Arrestlokal, eskortiert von der Wache. Soll er nicht lieber gleich desertieren? Zivilkleider müsste er sich verschaffen, bei einem Bauern vielleicht, der sich bestechen ließe; dann irgendwo am Rhein über die Grenze, nach Deutschland, wo ja alles drunter und drüber geht; einer mehr oder weniger unter den Kriegsheimkehrern fällt gewiss nicht auf. Nur reden dürfte er nicht; an seinem Akzent erkennt man den Schweizer. Und Helene? Käme sie mit? Oder will er ihr doch nach Russland folgen?
Rasch, flüstert sie in seinem Rücken und drängt sich, trotz der Enge zwischen Stämmen und Ästen, an seine Seite. Pack mich am Arm. Sag, ich sei davongelaufen. Sie bückt sich, wühlt sich mit der Hand durch die Nadelschicht, ergreift eine Handvoll Erde, schmiert sie ins Gesicht und über den Mantel, so dass es aussieht, als sei sie gestürzt. Du hast mich verfolgt, wir haben miteinander gekämpft, verstehst du?

Sie streicht mit der erdigen Hand auch über seine Stirn. Er lässt sie gewähren, horcht auf die Stimmen, die sich nähern, die Schritte, das Zweigeknacken. Drei oder vier Gestalten brechen durchs Unterholz; einer entdeckt die beiden, macht die andern auf sie aufmerksam.
Halt! Mit gezücktem Bajonett rennt Korporal Riedo auf sie zu, bleibt, als er Samuel erkennt, abrupt stehen. Brülhart? Woher kommst du denn? Er dreht sich zu den andern um, die ihm folgen: Fehlalarm, weitersuchen!
Ich ..., beginnt Samuel, um Fassung ringend.
Die Balabanoff ist verschwunden!, sagt Riedo. Weißt du's noch nicht? Wo bist du eigentlich gewesen?
Verschwunden? fragt Samuel verwirrt. Die Balabanoff? Seit wann denn?
Vor fünf Minuten hat's einer gemerkt. Ein Auto fehlt, samt dem Fahrer und drei andern Russen.
Aber dann ist sie doch bestimmt nicht mehr in der Nähe.
De Weck hat befohlen, dass wir hier jeden Quadratmeter durchkämmen. Er glaubt an eine Finte oder eine Verschwörung. Der Mann ist übergeschnappt, wenn du mich fragst. Tu besser, was er will, und frag nicht warum. Los!, fährt er Helene an. Die Russen müssen zurück in die Autos. Und zu Samuel, nach kurzem Zögern: Nein, bring du sie hin. Und dann beteiligst du dich an der Suche. Verstanden? Schon rennt er weiter, etwas blindwütig Übereifriges ist in

seinen Bewegungen, als karikiere er soldatische Pflichterfüllung.
Helene hält sich die Hand vor den Mund, um ihr Lachen zu verbergen. Wir haben Glück, nicht wahr?
Samuel zieht sie mit sich; sie sträubt sich zum Schein, sagt nach ein paar Schritten: Weißt du, was ich jetzt möchte? Einen Kaffee.
Er dreht sich, ihren Arm loslassend, zu ihr um, verbeugt sich leicht. Er wird Ihnen gleich serviert, Madame.
Diesmal ist ihr Lachen hell und übermütig. Ja, so mag ich dich. Man muss sich manchmal die Welt neu erfinden.
Hast du eine Ahnung, was mit der Balabanoff passiert ist?, fragt er.
Helene schüttelt den Kopf. Und wenn ich's wüsste, würde ich's nicht sagen. So solidarisch bin ich, trotz allem.
Als sie zum Wendeplatz kommen, ist niemand mehr dort; nur eine angebrochene Packung Biskuits liegt im niedergetrampelten Gras, und ein paar Amseln, die an ihr herumpicken, flüchten sich auf die nächsten Bäume. Man hört die Rufe und Schritte der Suchtrupps von allen Seiten; auf dem Weg, an der Spitze und am Ende der Kolonne, bewachen zwei Füsiliere die Fahrzeuge, in denen die Russen sitzen.
He, Brülhart, ruft der vordere. Deine kleine Russin ist wohl auch abgehauen, wie?

Der andere grinst dazu und macht mit dem Gewehr obszöne Stoßbewegungen.
Samuel führt Helene zu ihrem Wagen, erkennt hinter den Scheiben verschwommene, wie von aller Körperlichkeit losgelöste Flecke: die Gesichter der Berzines. Maria liegt quer über den Beinen der Eltern; sie streckt, als Helene zu ihnen einsteigt, die Zunge heraus und sagt träge: Weck mich nicht, du Dummkopf.

Eine halbe Stunde später wurde die Suche abgebrochen. Der Leutnant gab mit seiner Trillerpfeife das vereinbarte Signal; er hatte eingesehen, dass der Wagen mit der Balabanoff schon vor der Irrfahrt durch den Embracher Wald entwichen sein musste und dass die Hoffnung ziemlich absurd war, sie, womöglich samt dem Auto, irgendwo im Gebüsch aufzustöbern. Er gehe davon aus, sagte er zu Doktor Jacob, dass die Balabanoff den Fahrer bestochen habe. Offenbar sei der Coup gut vorbereitet gewesen; die Russen hätten beim letzten Halt, wie sich jetzt zeige, unter irgendwelchen Vorwänden die Plätze gewechselt. Zalkind jedenfalls sei nicht mehr in ihrem Auto gewesen, aber seine unübersehbare Präsenz habe sozusagen automatisch den Eindruck erweckt, die Balabanoff sitze noch neben ihm. Abgefeimt seien sie, die Bolschewiken, jede menschliche Schwäche würden sie sogleich zu ihren Zwecken ausnützen.
Jacob hielt ihm entgegen, er schließe keineswegs aus,

dass der Fahrer mit der Balabanoff und ihrer Sache sympathisiere und als Überzeugungstäter gehandelt habe; ihn beschleiche allmählich das Gefühl, dass sich in de Wecks Truppe noch mancher Wolf im Schafspelz verstecke.
In die Seelen seiner Soldaten, sagte de Weck gekränkt, sehe er nicht hinein; er versuche, sie zu guten Patrioten zu erziehen, mehr könne er nicht tun. Im übrigen sei die Balabanoff wohl längst unterwegs nach Winterthur, um sich mit den dortigen Roten zu verbünden; die würden sie bestimmt triumphal empfangen, vielleicht hätten sie ja in der Zwischenzeit gesiegt. Das bedeute unter Umständen, dass man von jetzt an durch feindliches Gebiet fahre. Er werde sich jedenfalls entsprechend verhalten.

Müde und hungrig versammelte sich die Mannschaft auf dem Wendeplatz. Die Truppführer erstatteten Rapport: Man hatte nicht die geringste Spur der Flüchtigen gefunden. De Weck nahm die Meldungen in straffer Haltung entgegen; doch plötzlich griff er sich an den Kopf, setzte sich auf einen Fichtenstamm, verbarg, die Knie anziehend, das Gesicht in den Händen.
Die Männer umringten ihn; Jacob fragte besorgt: Ist Ihnen nicht gut, Herr Leutnant?
De Weck löste langsam die Hände vom Gesicht; es war blass, stoppelbärtig, seine Augen tränten. Ich habe versagt, murmelte er und wiederholte in tragi-

schem Ton, der seine Niederlage gleichsam adelte: Ich habe versagt.
Die Männer schwiegen betreten; Samuel empfand beinahe Mitleid mit ihm und wünschte sich gleichzeitig, ihn noch geknickter, noch niedergeschlagener zu sehen.
Doktor Jacob beugte sich zu de Weck hinunter und sagte väterlich: Herr Leutnant, Sie haben getan, was Sie konnten; ich werde, was auch geschieht, Ihre untadelige Pflichtauffassung in meinem Bericht hervorheben. Seine Worte, die auch für die Mannschaft bestimmt waren, wirkten gestelzt; und Samuel hatte einen Moment lang den Eindruck, Doktor Jacob mache sich verstohlen über den Leutnant lustig.
De Weck schaute zu ihm auf, strich sich verlegen über den Schnurrbart. Wir werden sie finden, nicht wahr?, erwiderte er. Wir werden sie finden, koste es, was es wolle! Er hob die Hand und ließ sie auf den Oberschenkel fallen, wo sie liegen blieb wie ein schlappes Ding.
Wir haben den Auftrag, zur Grenze zu fahren, sagte Jacob, und wir werden dabei nicht von der festgelegten Route abweichen. Wenn wir unterwegs die Balabanoff wieder einfangen, umso besser. Und sonst wird man sie anderswo aufgreifen; ihr Signalement ist überall bekannt.
Der Leutnant nickte und versuchte mit rudernden Armen aufzustehen, wohl um die Abfahrt zu befehlen. Doch Doktor Jacob hielt ihn zurück und sagte,

der Herr Leutnant möge bedenken, dass die Truppe übermüdet und hungig sei; er schlage vor, in der nächstgelegenen Ortschaft, in Unter-Embrach, wenn die Karte nicht trüge, Halt zu machen und zu frühstücken.

Die Männer, die noch im Schatten standen, murmelten zustimmend.

Spiegeleier und Speck!, sagte der Fahrer Mauron mit seinem welschen Akzent. Und danach sind wir unbesiegbar.

Die Männer lachten, räusperten sich, begannen durcheinander zu reden.

Jacob brachte sie mit einer Handbewegung, deren Schärfe durch sein gewinnendes Lächeln gemildert wurde, zum Schweigen. Der Entscheid steht nicht bei Ihnen, sagte er in die Runde. Es hat ja, hoffe ich, niemand die Absicht, die Disziplin zu untergraben.

Alle schauten zum Leutnant; Mauron, der neben Samuel stand, schnitt eine Grimasse.

De Weck gab sich geschlagen. Nun gut, sagte er, wir haben schon so viel Zeit verloren, da kommt's auf diese Stunde auch nicht mehr an.

Diesmal vermochten weder er noch Jacob das Beifallsklatschen zu verhindern.

Die Abfahrt wurde indessen erneut verzögert; denn de Weck fiel plötzlich ein, dass er gar nicht wusste, wie die Russen hießen, die zusammen mit der Balabanoff verschwunden waren. Der abermalige Namensaufruf ergab, dass es sich um die Herren Brat-

mann, Steinberg und Leiteisen handelte.
Jüdische Namen, nicht wahr?, bemerkte de Weck zu Jacob. Da haben wir's: Der Bolschewismus ist durch und durch eine jüdische Angelegenheit.
Jacob schwieg; nur einer seiner Mundwinkel zuckte leicht, und es war nicht auszumachen, ob dies Zustimmung oder Ablehnung bedeutete.

13. November 1918, nach acht Uhr morgens

Kaum hatten die Fahrzeuge bei der alten Herberge in Unter-Embrach parkiert, sprach sich herum, wer da unter militärischer Bewachung zur Grenze gebracht werde. Das ganze Dorf, ohnehin von Streik- und Putschgerüchten erschüttert, geriet in Aufruhr. Auch die Balabanoff sei dabei, hieß es; das Dorf müsse sich wehrhaft zeigen. Wie von selber, aber tatsächlich beeinflusst durch den Großbauern und Gemeindeammann Bertschinger, bildete sich ein Schlachtplan heraus: Man solle sich bewaffnet vor der Wirtschaft versammeln, jetzt gleich, ohne Verzug. Die Parole lief von Haus zu Haus; Kinder überbrachten sie; Bauern, die von der Käserei heimkehrten, nahmen sie auf, stiegen beim nächsten Hof vom Karren herunter, donnerten mit den Fäusten an die Tür, gaben sie weiter. Manche der jüngern Männer waren zwar im Dienst bei den Ordnungstruppen; es blieben aber genug ältere übrig, und außerdem liefen ein paar Frauen mit, die sich nicht abschütteln ließen. Wer sich in Eile zum *Sternen* begab, nahm mit, was den Händen gerade am nächsten war, Mistgabeln, Sensen, Dreschflegel; einige holten aus dem Schrank oder der Truhe den Karabiner hervor.

Von allen Seiten her strebten die Grüppchen dem

gleichen Ziel zu. Bertschinger, der im Militär Feldweibel gewesen war, brachte bei der Dorflinde, wo sie sich versammelten, Ordnung in die Truppe. Dann marschierte man geschlossen zum *Sternen*, vor dem die Fahrzeuge standen.

Der eine der beiden wachhabenden Füsiliere machte, beim Anblick des sich nähernden Zugs, sogleich im Wirtshaus Meldung; der andere fasste trotzig sein Gewehr und zielte, im Hüftanschlag, auf die vordersten Embracher. Keinen Schritt weiter!, stieß er hervor und begann plötzlich zu niesen, wobei die Zuckungen, die seinen Körper durchfuhren, auch das Gewehr erreichten.

Die Embracher wussten nicht, ob sie lachen oder sich ducken sollten; auf jeden Fall blieben sie stehen und drängten sich enger aneinander. In ihrer Mitte war irgendwo, wie ein letztes Gefahrensignal, eine Ladebewegung zu hören; einer murmelte: Gesundheit!

Willst du auf deine Landsleute schießen, Kamerad?, fragte Bertschinger in beinahe herzlichem Ton.

Ich schieße nur zurück, erwiderte der Soldat, der seinen Niesreiz mit aller Macht zu beherrschen versuchte.

An den Fenstern des Wirtshauses zeigten sich erschrockene Gesichter; auf der Eingangsschwelle erschien Leutnant de Weck, gebieterisch und bleich, mit Brosamen im Schnurrbart, gefolgt von Doktor Jacob, der jedoch, einen Schritt hinter de Weck, im Schatten blieb.

Was bedeutet dieser Aufzug?, fragte de Weck sehr laut, nachdem er die Embracher Bürgerwehr gemustert hatte.
Bertschinger räusperte sich. Wir wollen die Balabanoff, sagte er, einen Schritt vortretend. Die Balabanoff und noch zwei andere.
De Wecks Miene gefror; für ein paar Sekunden verlor er die Sprache. Dann riss er sich zusammen. Reden Sie keinen Quatsch!
Wir sind redliche Bürger, Herr Leutnant, sagte Bertschinger, unser Land geht vor die Hunde, der Grimm soll schon in Bern regieren, und wer weiß, wie bald er mit den Russen fraternisiert und wir die Bolschewiken am Hals haben. Deshalb nehmen wir die Balabanoff als Geisel, verstehen Sie? Dann werden die Sozis uns gut behandeln, und sie werden sich hüten, unser Land zu enteignen. Also heraus mit ihr!
De Weck hatte sich leicht vorgebeugt und eine Hand hinters Ohr gelegt, um kein Wort zu verpassen; was er vernahm, schien ihn dermaßen zu konsternieren, dass er sich hilfesuchend nach Doktor Jacob umsah. Dieser drängte sich an ihm vorbei, trat, im schwarzen Mantel, mit beinahe schwereloser Eleganz über die Schwelle. Jacob, vom Politischen Departement, stellte er sich vor, und in seinem Ostschweizer Dialekt fuhr er mahnend fort: Verlassen Sie sich nicht auf Gerüchte! Durch das, was Sie vorhaben, machen Sie sich strafbar vor dem Gesetz.

Welche Gesetze gelten jetzt noch?, fragte einer. Wissen Sie das?
Zum zweiten, sagte Jacob unbeirrt, muss ich Ihnen mitteilen, dass Frau Balabanoff nicht zu unserm Konvoi gehört.
So ist es, bestätigte de Weck knapp, mit wiedergefundener Arroganz.
Beweist es uns, sagte Bertschinger. Wenn es stimmt, nehmen wir ein paar andere als Ersatz. Wir stecken sie ins Spritzenhäuschen und geben ihnen Gras zu fressen, gerade so viel, wie den Bauern in Russland übrig bleibt.
Was denken Sie sich eigentlich? Jacobs gestikulierende Hände begannen leicht zu zittern. Auf Erpressungen gehen wir prinzipiell nicht ein.
Sie sind doch gute Patrioten wie wir, sagte Bertschinger, weshalb stehen Sie nicht auf unserer Seite?
Ein Fenster wurde weit aufgerissen. Man hörte erregte Stimmen; aus dem Fenster beugte sich plötzlich Rosa Berzine und schrie in ihrem harten Deutsch: Die Balabanoff ist geflohen, aber sie wird mit den Siegern zurückkehren! Die letzten Wörter brachte sie nur noch erstickt hervor; jemand hatte ihr die Hand über den Mund gelegt.
De Weck erhob die Stimme. Ich befehle Ihnen, sich zu zerstreuen, oder ich lasse auf Sie schießen.
Bertschinger schüttelte den Kopf. Sind Sie sicher, dass Ihnen Ihre Leute noch gehorchen? He, Kameraden, rief er zu den Fenstern hinauf, werft eure Ge-

wehre heraus. Was habt ihr zu verlieren? Wollt ihr einen Kolchosen-Staat?
Noch hing ein wenig Kaffeeduft, der von drinnen herausgeweht war, in der Luft und erinnerte an normale Zeiten; wehmütig schnupperte Doktor Jacob, steckte die Hand in die Manteltasche und grub sich, durch Zettel und Taschentücher, bis zur Pistole vor, die er dort für den Notfall verwahrte.
Drinnen blieb es still; die Sekunden, in denen nichts geschah, dehnten sich zu kleinen Ewigkeiten. Irgendwo weinte ein Kind, ein Fensterflügel wurde von einem Windstoß zugeschlagen. Dann schob sich eine Wolke vor die Sonne, und es war, als hätte eine unsichtbare Macht das starke Licht, das über der Szene lag, ausgeblasen. Leutnant de Wecks Züge hellten sich auf, und Doktor Jacobs Hand in der Manteltasche entkrampfte sich. Sie sahen, was den Embrachern, die angespannt zur Wirtshausfront schauten, noch verborgen blieb: Sechs Füsiliere, zu denen auch Samuel gehörte, waren, unter Riedos Kommando, zum Hintereingang hinausgeschlichen, hatten sich auf Umwegen, so leise wie möglich, von hinten der versammelten Bürgerwehr genähert, und nun stellten sie sich in Linie auf, knieten nieder und zielten auf Bertschinger, der an seiner Unterlippe nagte.
Korporal Riedo gab ein Zeichen. Vier Wirtshausfenster flogen auf; hinter jedem duckte sich ein Soldat. Zwei, einer aus Riedos Gruppe und einer aus dem Wirtshaus, schossen in die Luft. Die Embracher er-

schraken, einige warfen sich sich zu Boden; andere, auch Bertschinger, suchten Deckung hinter den Körpern der Vorderleute. Keinem kam es in den Sinn zurückzuschießen. De Weck befahl, die Waffen fallen zu lassen. Diesmal gehorchten sie; Sensen und Dreschflegel entglitten ihren Händen wie von selber. Benommen standen sie da; de Weck verschränkte die Arme vor der Brust und nickte anerkennend zu Riedo hinüber.

Und nun gehen Sie auf schnellstmöglichem Weg nach Hause, sagte er, die Waffen werden konfisziert; Sie können froh sein, wenn dieses Intermezzo für Sie keine weiteren Folgen hat. Auf einmal verzerrte ein wildes Lachen sein Gesicht; das Lachen brach aus ihm heraus wie etwas Fremdes, eine Folge atemloser, krächzender Laute, die ebenso viel Pein wie explosive Freude auszudrücken schienen. Genauso unvermittelt wie es begonnen hatte, hörte das Gelächter des Leutnants wieder auf; er wischte sich mit dem Handrücken über den Mund, als wollte er die Spuren einer üppigen Mahlzeit beseitigen.

Die Embracher senkten die Köpfe; dem ersten, der wegging, trotteten andere nach. Die Versammlung löste sich beiläufig auf, als wäre man bloß zum Plaudern zusammengekommen; doch Bertschinger, der hier oder dort ein Gespräch anknüpfen wollte, wurde von allen gemieden. Zurück auf dem gepflasterten Platz blieben, als habe sie jemand achtlos verstreut, die weggeworfenen Waffen.

Riedo jauchzte und warf sein Käppi in die Luft; die Soldaten schlugen sich gegenseitig auf die Schultern. Dann kam Zalkind heraus, gefolgt von seinen Landsleuten; sein Bart war zerzaust und stand nach allen Seiten; wenig fehlte, und er hätte de Weck umarmt. Sie haben Ihre Feinde verteidigt, Herr Leutnant, rief er überschwänglich, das nenne ich ehrenhaft!
De Weck maß ihn mit abweisendem Blick. Es ging nicht um Sie, es ging darum, unsere Pflicht zu erfüllen. Sagen Sie mir lieber, wo sich die Balabanoff versteckt.
Zalkind grinste. Wie auch immer, Sie haben uns gerettet, und dafür schulden wir Ihnen Dank. Er machte ein Zeichen, und die Russen schrien, die Fäuste hochstreckend, ein dreifaches *Vivat!*.

Samuels Beine und Arme haben allen Befehlen gehorcht; er ist mitmarschiert, aus alter, nicht zu überwindender Gewohnheit; er hat mit geladenem Gewehr auf Landsleute gezielt. Wen hat er dabei beschützt? Das Vaterland? Sich selber? Helene? Ja, am ehesten sie, und die Landsleute, die ihr übel wollten, hat er plötzlich gehasst. Wenn man sich solchen Gedanken überlässt, verschwimmen die vertrauten Fronten. Kommt es noch darauf an, für wen oder was man einsteht? Ein dumpfes Gefühl des Verschworenseins unter denen, die sich kennen, scheint das Einzige zu sein, das sie verbindet. Mit dem Instinkt von Herdentieren scharen sie sich um ihre An-

führer; was sich außerhalb ihres Dunstkreises bewegt, wird zur Bedrohung, zum Feind. Aber wer der Feind wirklich ist, weiß niemand mehr zu sagen.
Samuel schämt sich, dass er die Kraft nicht hat, sich dieser inneren Auflösung zu widersetzen. Er ist, in seiner Uniform, die ihn den andern gleich macht, nicht besser als sie; er ist ein gut dressierter Soldat; er wäre, als Deutscher oder als Franzose, wie Millionen anderer, im Schützengraben gelegen und hätte die Gegenseite mit allen Mitteln zu vernichten versucht. Er schämt sich noch, als er wieder ins Auto einsteigt, und denkt, Helene, die schon hinten auf ihrem Platz sitzt, werde ihn verachten; doch sie empfängt ihn freundlich, ohne Koketterie. Sie hat sich Toilettensachen ausgeliehen, diskret Rouge aufgelegt und sich gepudert; es ist, als ob sie sich, ihm gegenüber, nicht völlig entblößen dürfte. Die Berzines sind in jener aufgekratzten Stimmung, die einen manchmal nach einer durchwachten Nacht oder einer überstandenen Gefahr überkommt. Sie haben trotz des Zwischenfalls ausgiebig gefrühstückt. Marias Übelkeit ist verflogen, sie hat sogar etwas Süßes gegessen, ein Mandelbiskuit in der Form eines S, wie sie erzählt; sie habe es in heiße Schokolade getunkt und ganz kleine Stückchen abgebissen.
Als Letzter kehrt Mauron, mit den neusten Instruktionen, ins Auto zurück, erleichtert, dass alles so glimpflich abgelaufen ist; die Balabanoff allerdings, fügt er mit kaum verhohlener Genugtuung hinzu, sei

inzwischen über alle Berge, und dem Kameraden Schaller, der sie chauffiere, gefalle dieser Ausflug vielleicht gar nicht so schlecht.
Ob denn, fragt Rosa Berzine mit einem unmerklichen Zwinkern, der Fahrer Schaller am Ende doch ein organisierter Arbeiter sei? Sie wisse zwar, dass man besser nicht darüber rede; aber untereinander könne man ja die Masken allmählich fallen lassen.
Mauron dreht sich halb zu ihr um, streift sie mit einem verschleierten Blick und sagt, für welche Vereine der Fahrer Schaller Mitgliederbeiträge bezahle, gehe ihn nichts an. Hinter ihnen wird gehupt; Mauron drückt das Gaspedal nieder; Maria sagt, sie friere schon wieder; Helene flüstert in Samuels Ohr: Vielleicht kommt ja alles ganz anders, als wir denken. Ihr Atem, der nach Milchkaffee riecht, kitzelt ihn ein wenig, und das ist sonderbarerweise ein Trost.

13. November 1918, später Morgen

Fahren, nur fahren, so gibt es eine Richtung, die ein Ziel vortäuscht. Draußen die ersten Weinberge, Rebstöcke mit flammend rotem Laub; dazu dieses seltsame Wetter, Föhn im Spätherbst, der Himmel ein blau-weiß gefärbtes Raubtierfell, das Entfernte zum Greifen nah; bei heftigen Windstößen schwanken die Pappeln am Straßenrand.
Manchmal ist die Erde draußen lichtgrau wie Helenes Augen. Da hat man sich vernarrt in eine Feindin, und was tut man nun mit seiner Zerrissenheit, wenn man weiß, dass alles bald zu Ende sein wird? Man träumt, man träumt das Undenkbare, wo alle Verbote aufgehoben sind; und so liegen Samuel und Helene, ineinander verschlungen, auf einer kleinen besonnten Lichtung, und dann sind sie doch lieber in Petersburg, warum nicht in Rom, und Samuel, an Helenes Seite, weiß, wofür er zu kämpfen hat, sie bauen eine Armenschule auf, sie bekommen einen Orden von Lenin, nein, vom Papst, sie sind das Paar, das sich alle zum Vorbild nehmen. Doch dann lässt man Samuel an einem Seil in ein Verlies hinunter, kettet ihn an eine Säule, hoch oben sieht er einen Schimmer Licht; und plötzlich klettert er mit Helene und Maria eine rissige Wand hoch, er sieht über sich Helenes elegante Lackschuhe, die so fehl am Platze

sind wie die Fuchsstola, deren Kopf mit offener Schnauze über ihren Rücken hängt; er möchte Helene berühren, ihre Knöchel umfassen, aber mit einem Arm hält er Maria fest, und ihr Gewicht, er spürt es, zieht ihn nach unten, wo plötzlich das Meer rauscht, tief unten, das Meer, das er noch nie gesehen hat, und jetzt stürzt auch er, Maria an sich gepresst, er stürzt, zum zweiten Mal auf dieser Fahrt, ins Bodenlose und erwacht in Panik.
Maria stößt ihn missmutig von sich weg; Helene legt ihre Hand auf seinen Nacken und fragt: Sie sind eingenickt, nicht wahr?
Samuel kommt wieder zu Atem, das Morgenlicht draußen blendet ihn; Mauron lacht wegwerfend, und Jean Berzine sagt tonlos: Ich habe auch geträumt.
Wieder das Gleiche?, fragt Rosa.
Er nickt, murmelt etwas auf Russisch oder Lettisch; seine Erklärung bricht ab mit einem Laut, der klingt wie ein ersticktes Schluchzen.
Er hat vom Schützengraben geträumt, sagt Rosa, er kommt nicht davon los.
Berzine hüstelt und sagt: Ich war Hauptmann der Infanterie, habe eine Kompagnie bei Tarnow und Gorlice befehligt. Er zögert. Die Verluste waren sehr hoch. Die militärische Führung hat uns verraten, sie hat uns geopfert, als wären wir Schlachtvieh. Man ließ uns wochenlang hungern, aber beim Rückzug stießen wir auf ganze Waggons mit verfaultem Proviant.
Jean wurde im September 15 durch einen Granat-

splitter am Bein verwundet, sagt Rosa, es fehlte wenig, und man hätte das Bein amputiert, er lag während Monaten im Lazarett, er hat eine Narbe am Schenkel, die ihn dauernd schmerzt.
Darüber sollt ihr nicht reden, ereifert sich Maria und versucht, sich nach hinten drehend, der Mutter den Mund zuzuhalten.
Ich bin, sagt Berzine, Kommunist geworden, weil Lenin der Einzige war, der den Friedensschluss durchsetzen konnte.
Wir haben einen hohen Preis dafür bezahlt, sagt Rosa, indem sie unwillig Marias Hand wegdrückt.
Der Frieden von Brest-Litowsk war in jeder Hinsicht das kleinere Übel!, entgegnet er hitzig. Das sage ich auch dann, wenn uns die baltischen Staaten endgültig verloren gehen. Ich bin zwar gebürtiger Lette, aber ich bin Bürger der Sowjetrepublik geworden und werde es bleiben.
Sie unterhalten sich weiter auf Russisch; Rosa scheint ihren Mann zu trösten und zugleich zu tadeln; er verstummt. Maria fragt auf Französisch, halb an Samuel, halb an Helene gerichtet: Wann sind wir endlich dort?
Wo?, fragt Helene zurück.
Dort, wo wir hin müssen.
Das dauert noch lange. Wir fahren zur Grenze und dann durch ganz Deutschland.
Und wie weit ist es bis zur Grenze?
Nicht mehr weit. Wenn wir dort sind, steigen wir um

in die Eisenbahn, und dann werden wir ein ganzes Abteil für uns haben.
Kommst du auch mit?, fragt Maria Samuel in so selbstverständlichem Ton, als ob es sich um eine Einladung von Haus zu Haus handle.
Nein, antwortet er, leer schluckend, ich muss zurück.
Warum denn? Bei uns bekommst du *Vatruschki*, so viel du willst.
Die Berzines lachen, Jean Berzine verhalten, Rosa beinahe bellend. Versprich ihm nicht zu viel, sagt sie. Sonst ist er am Ende enttäuscht.
Der Herr Soldat weiß ja gar nicht, was *Vatruschki* sind, sagt Helene zu Maria und, an Samuel gewandt: Es sind russische Quarkpastetchen, sie schmecken wirklich sehr gut.
Nicht ganz so gut wie Ihre *Méringue*, fügt Jean Berzine hinzu, und diesmal lacht er herzhafter; das Lachen geht in Husten über, das immer schlimmer wird; er krümmt sich auf dem Sitz, drückt sein Taschentuch an den Mund; Rosa legt den Arm um ihn, klopft geduldig auf seine Schulter, bis der Anfall nachlässt.
Den Husten hat er auch im Schützengraben aufgelesen, sagt sie erbittert.
Ach, wissen Sie, sagt Berzine zu Samuel, wir lagen wochenlang in Morast und Schnee, und der war manchmal rot vor Blut. Er denkt einen Augenblick nach. Oder sagt man rot *von* Blut?
Papa, schimpft Maria, jetzt hör endlich auf
Leise, ganz leise beginnt Mauron die Internationale

zu pfeifen. Doch Samuel ist nicht sicher, ob er die Melodie richtig erkennt; er hat sie erst ein- oder zweimal gehört, vom Kameraden Zwahlen, dem einzigen in der Kompagnie, der sich offen dazu bekannte, ein Roter zu sein. Nach wenigen Takten bricht das Pfeifen ab und geht im Fahrtwind unter, der sausend durch einen Fensterspalt dringt.

Fahren, weiterfahren, es könnte ewig dauern und wird doch bald zu Ende sein. Sie fahren jetzt die letzte Anhöhe hinauf, die sie noch, wie Mauron sagt, vom Bodensee trennt. Frauenfeld hat ein größerer Ort geheißen, Pfyn ein anderer. Der *Peugeot*, den de Weck ausgeschickt hat, ist wieder zum Konvoi gestoßen. Die Suche nach der Balabanoff war ergebnislos, die Gerüchte, die der Fahrer unterwegs aufschnappen konnte, widersprechen sich. Immer noch scheint nichts entschieden zu sein: Der Bundesrat habe dem Oltener Streikkomitee ein Ultimatum gestellt. Erneut hat Doktor Jacob irgendwo bei einer Bahnstation zu telefonieren, dann zu telegrafieren versucht; einer Fehlverbindung wegen konnte er plötzlich mit einem Regimentsbüro in der Nähe von Zürich sprechen. In Zürich, so hat er erfahren, sei Divisionär Sonderegger Herr der Lage. Sein Befehl, gewaltsamen Widerstand mit Handgranaten zu brechen, habe die Streikenden eingeschüchtert. In Bern hingegen scheine sich der viel zu weichliche Korpskommandant Wildbolz vor den Roten zu ducken,

und auf Bern komme es an, Bern müsse standhaft bleiben, um das Land zu retten.
Samuel hört zu, was Jacob zu de Weck sagt, bevor sie nach dem viertelstündigen Halt wieder einsteigen. Noch sei nichts verloren, sagt er zum Schluss; und de Weck nickt eifrig wie ein Schuljunge, der sich anstrengen will, das Klassenziel zu erreichen.
Sie fahren langsam; die Soldaten haben Befehl, die Umgebung genau zu beobachten. Am liebsten hätte der Leutnant auf jedem Wagen eine Mitrailleuse montiert; aber dazu fehlen ihm die Mittel, und so muss er sich mit dem Einsatz von Karabinern und Bajonetten begnügen.
Dann liegt unter ihnen plötzlich der See. Die glatte Fläche, die sich nach Osten hin ausbreitet, erscheint Samuel, aus der Distanz gesehen, wie ein straff gespanntes Tuch, das unter seinen Füßen federn, aber niemals reißen würde. Die Häusergruppen müssen Kreuzlingen und Konstanz sein; die Grenze sei aber nicht sichtbar, erklärt Mauron der misstrauischen Maria, Grenzen erkenne man nur aus der Nähe, an Zollschranken und Zollwärtern.
Unerwartet lässt der Leutnant anhalten. Keiner weiß warum; man vermutet einen drohenden Überfall oder eine weitere Panne. De Weck winkt die Mannschaft zu sich heran und lässt sie einen Halbkreis bilden. Kameraden, sagt er feierlich, ich danke euch für euren Einsatz. Wir sind da! Wir haben es geschafft! Er umfasst mit einer großen Gebärde die Landschaft,

die sich vor ihnen ausbreitet. Lasst uns, angesichts der Schönheit unserer Heimat, die Nationalhymne singen. *Rufst du, mein Vaterland*, stimmt er an, mit gepresster Stimme und um eine gute Terz zu tief, *sieh uns mit Herz und Hand all dir geweiht;* einige Soldaten fallen ein, in schleppendem Rhythmus, *heil dir Helvetia, hast noch der Söhne ja, wie sie Sankt Jakob sah, freudvoll zum Streit.* Samuel bewegt nur die Lippen; jeder Ton klingt ihm hier falsch in den Ohren. *Da, wo der Alpenkreis dich nicht zu schützen weiß*, beginnt die zweite Strophe; in Samuel entsteht zur Melodie, die er knapp mitsummt, ein störrischer Kontrapunkt. Man schwindelt sich durch die dritte Strophe: *Frei, und auf ewig frei, ruf unser Feldgeschrei*, verfällt ins Undeutlich-Brabbelnde, dann verstummt betreten einer nach dem andern; die letzten Verse hat niemand mehr im Kopf.

Wer weiß, sagt Mauron halblaut in die entstehende Stille hinein, vielleicht hört uns hinter den Büschen die Balabanoff zu.

De Wecks Gesicht versteinert sich. Weiterfahren!, befiehlt er mit verwandelter Stimme. Zurück zu den Wagen!

13. November 1918, Mittag und früher Nachmittag

Kurz vor Mittag erreichte der Konvoi das Kreuzlinger Tor. Das Städtchen wimmelte von Truppen, die sich unablässig und ohne sichtbaren Zweck von einem Platz zum andern verschoben; es war das Neuenburger Infanterie-Bataillon 18. Seine Präsenz bewies, dass die Revolution noch nicht bis hierher gedrungen war, und de Wecks Laune besserte sich ein weiteres Mal. Er meldete als Erstes seine Ankunft bei Major Tissot, dem Bataillons-Kommandanten, und verlangte, dass er den Konvoi unter seine Bewachung stelle. Doktor Jacob telefonierte nach Bern, ins Auswärtige Departement, und diesmal bekam er seinen Chef, den Legationsrat Paravicini, an den Apparat. Es stellte sich heraus, dass in der Tat noch alles offen war und sich die Waagschale stündlich auf die eine oder andere Seite neigen konnte. Das Bundeshaus werde von Emmentaler und Freiburger Truppen beschützt; der Bürgerkrieg sei, in Anbetracht der Entschlossenheit auf beiden Seiten, wohl kaum noch abzuwenden. Es gebe Hitzköpfe im Parlament, die den Bundesrat und General Wille dazu drängten, unter Einsatz aller Mittel gegen die Streikenden loszuschlagen. Das Ultimatum an das Oltener Streikkomitee könne er bestätigen; aber es verschärfe nur die Kampfstimmung.

Noch schlimmer sei, dass die Grippe unter den Truppen immer heftiger wüte und sämtliche Lazarette überfüllt seien. Das dürfe man auf keinen Fall laut sagen, sonst greife Panik um sich; herunterspielen, ruhig Blut bewahren, das sei die Devise. Jacob, schloss Paravicini, solle, ungeachtet aller Umstände, seinen Auftrag zu Ende führen und die Grenzformalitäten so schnell wie möglich erledigen; man habe von der neuen deutschen Regierung, deren Administration allerdings noch auf unsichern Beinen stehe, die telegrafische Zusicherung erhalten, dass die sowjetische Delegation Deutschland problemlos durchqueren könne; leider müsse dazu auch noch die eben gegründete bayerische Räterepublik ihren Segen geben, und im politischen Chaos, das beklagenswerterweise über die Mittelmächte hereingebrochen sei, könne sich alles wieder verzögern. Paravicinis Stimme mit dem rollenden R wurde im Rauschen und Knacken, das in die Leitung geriet, immer unverständlicher; Doktor Jacob presste in der Anwaltskanzlei, wo er stand, den Hörer ans Ohr, damit ihm kein Wort entging. Er werde, so schloss Paravicini mit ungewöhnlicher Verve, Gott auf den Knien danken, wenn man diese Russen endlich losgeworden sei.

Jacob bedankte sich bei der Sekretärin, die allein die Kanzlei hütete, für ihre Zuvorkommenheit und rundete die Telefongebühren, die er ihr schuldete, großzügig auf; dann trat er ins Freie, ins föhnige

Licht, in den scharfen Wind, der seine Augen tränen ließ. Über seinen Kopf hinweg wirbelten welke Blätter; auf den Bahnhofgleisen gegenüber standen ein paar leere Züge; die Hafenstraße, wo der Konvoi wartete, war voller Leute, und ihre summende Aufregung übertrug sich auch auf Doktor Jacob.

De Wecks Laune war inzwischen der Euphorie nahe. Er hatte Major Tissot gebeichtet, ausgerechnet die Balabanoff sei seit zwei Uhr früh verschollen. Halb so schlimm, hatte der Major gesagt und ihn mit geheimnisvoller Miene zweihundert Meter weiter zur Neptunstraße geführt, wo im Häuserschatten, von sechs Soldaten bewacht, der vermisste *Fiat Torpedo* stand. Die Balabanoff stieg aus, als sie de Weck erkannte, begrüßte ihn mit maliziösem Lächeln; ihr folgten die Herren Steinberg, Leiteisen und Bratmann. Der Fahrer Schaller, der sich auch nach de Wecks *Ruhn!* kaum noch aus der Achtungsstellung lösen konnte, erstattete Meldung und verhaspelte sich mehrfach dabei: Sie hätten irgendwo im Nebel den Anschluss verloren, seien falsch abgebogen; nach langem Suchen hätten sie sich entschlossen, auf der schnellsten Route nach Kreuzlingen zu fahren, und nun warte man hier seit gut zwei Stunden auf den Konvoi.

Sie haben wohl gedacht, wir seien geflohen, sagte die Balabanoff; aber wozu so viele Unannehmlichkeiten in Kauf nehmen? Wenn die Revolution siegt, was anzunehmen ist, dann müssen Sie uns ohnehin auf freien Fuß setzen.

Steinberg sagte: Die andere Möglichkeit ist natürlich, dass Sie uns vorher erschießen lassen. Prophylaktisch sozusagen.
Die drei lachten; Steinbergs Gesicht verfärbte sich rot; die Balabanoff stemmte die Arme in die Seite und spitzte die Lippen, als ob sie pfeifen wolle. Vielleicht pfiff sie auch wirklich; aber de Weck überhörte die Provokation: Ihm war nichts mehr vorzuwerfen; alle dreiunddreißig, die man ihm anvertraut hatte, waren ans Ziel gebracht, kein Makel lag auf seiner Leistung, die beschleunigte Beförderung zum Oberleutnant war ihm so gut wie sicher, die weitere Karriere wahrscheinlich.
De Weck befahl dem Fahrer, sich dem wartenden Konvoi anzuschließen und schickte die Russen ins Auto zurück. Langsam fuhr Schaller voraus; der Leutnant folgte ihm mit beschwingten Schritten, sah zufrieden, wie sich die Menge, die die Einmündung in die Hauptstraße verstopfte, vor dem Wagen teilte und ihn, ohne die Balabanoff zu erkennen, passieren ließ.
Der Konvoi hatte sich inzwischen, auf Befehl Major Tissots, bis zum Konstanzer Grenzübergang verschoben, wo Doktor Jacob bereits mit dem Leiter der deutschen Grenzbehörde verhandelte. Die Wagen wurden von aufgebrachten Bürgern belagert; nur de Wecks Truppe, verstärkt von Soldaten des Bataillons 18, hielt sie davon ab, die Russen zu verprügeln. Arbeiter, die für die Ausgewiesenen Partei ergriffen hätten, ließen sich hier gar nicht blicken.

De Weck übernahm unverzüglich das Kommando. Zunächst teilte er dem Kader, scheinbar ungerührt, die Rückkehr der Balabanoff mit und unterband mit einer Geste jede unmilitärische Beifallsäußerung; dann unterhielt er sich kurz mit Jacob, der ihm den Stand der Dinge, aus Paravicinis Sicht, mitteilte. Major Tissot, fügte Jacob hinzu, wisse zudem aus sicherer Quelle, dass die Entente-Mächte zum Eingreifen entschlossen seien, sollte die Revolution in der Schweiz siegen; Frankreich ziehe in Bellegarde Truppen zusammen, die sich auf einen Einmarsch vorbereiteten, auch die USA hätten eine halbe Division Richtung Schweiz in Marsch gesetzt.

De Weck presste die Lippen zusammen und nickte; was Jacob andeutete, überstieg seine kühnsten Phantasien. Man tat besser daran, solche Gerüchte, die einen unauflösbaren Widerspruch zwischen Verteidigungswillen und Verbündungswünschen hervorriefen, gleich wieder verpuffen zu lassen.

Die russische Delegation, sagte Jacob, werde man leider kaum noch an diesem Tag abschieben können; der Konstanzer Soldatenrat, der jenseits der Grenze offenbar die Herrschaft übernommen habe, sperre sich dagegen, und auch die Regierung Eisner in Bayern werde Schwierigkeiten machen.

Eines nach dem andern, stieß de Weck hervor; Sie verhandeln weiter, und ich besorge den Rest.

Doch Jacobs Verhandlungsgeschick nützte nichts.

Ein Sonderzug, der die Russen aufgenommen hätte, wäre auf deutscher Seite zwar vorhanden gewesen; aber er durfte die Grenze nicht passieren, so wie umgekehrt die russische Delegation ohne Visum auf Schweizer Boden bleiben musste. Die deutschen Beamten warteten auf die Befehle der vorgesetzten Stellen in Berlin und München; inzwischen studierten sie Reglemente, von denen sie nicht wussten, ob sie noch in Kraft waren oder nicht. Sie verlangten, um allen Eventualitäten zuvorzukommen, immer neue und genauere Listen, eine erste mit den Namen der Ausgewiesenen in lateinischer und kyrillischer Schrift, eine zweite mit den Geburtsdaten und den früheren Wohnadressen in Russland, eine dritte mit einem Verzeichnis sämtlicher Gepäckstücke.

De Weck, von Jacob instruiert, beeilte sich, den deutschen Forderungen nachzukommen. Er versuchte, seine eigene Namenliste zu vervollständigen, scheiterte aber an den Tücken des kyrillischen Alphabets, und so betraute er die Übersetzerin Hélène Gogobaridse, die über die notwendigen Kenntnisse und eine lesbare Handschrift verfügte, mit dieser Aufgabe. Der Konvoi hatte inzwischen erneut dislozieren müssen; die Kreuzlinger Behörden hatten ihm die Seestraße zugewiesen, die dem Hafen entlang führte.

Während Helene, einen Schreibblock in der Hand, von Auto zu Auto ging und ihre Landsleute ausfragte, gehörte Samuel zu jenen, die dazu abkommandiert waren, die Gepäckstücke zu zählen. Er half dabei, sie unter den Augen der Gaffer auszuladen und am Straßenrand aneinander zu reihen, Koffer und Köfferchen aller Art, Seemannstruhen, verschnürte Packen und Kartons, aber auch elegante Ledertaschen. Mit einem Kreidestift schrieb Korporal Perler Nummern darauf, die als Grundlage fürs verlangte Verzeichnis dienten.

Samuel kam bald ins Schwitzen. Die meisten Koffer waren schwer; man musste sie, weil de Weck es so befohlen hatte, der Größe nach ordnen, also jedesmal den richtigen Abstellplatz finden, zwischendurch immer wieder die andern Gepäckstücke verschieben, damit eine neue Lücke entstand. Samuel schaute verstohlen zu Helene hinüber, sah, wie sie sich zu den Autofenstern hineinbeugte, wie sie sich, während Rücken und Gesäß sich zu einer sanften Linie bogen, über ihren Block neigte; er sah, dass sie ihre Pelzmütze abgelegt und die Haare aufgesteckt hatte, und er stellte sich ihren flaumigen Nacken mit den kaum sichtbaren Wirbeln vor.

Das ganze Gepäck ging durch seine Hände, und so fand er schließlich Helenes runden Toilettenkoffer. Die Initialen H und G, rot in den Satinüberzug eingewoben, ließen keine Zweifel übrig. Der Verschluss war aufgesprungen; der eingedrückte Deckel stand halb offen wie ein nach Luft schnappendes Maul und ließ durcheinander geworfene Utensilien erkennen, ein Reise-Nécessaire, Taschentücher, Haarbürsten und -spangen, doch keinen Briefumschlag. Dem Innern des Koffers entströmte der gleiche Duft, der, wenn auch weniger aufdringlich, Helene umgab. Samuel versuchte, den Deckel besser zu schließen. Korporal Perler trieb ihn zur Eile an.

Der Koffer war zu auffällig, als dass man ihn heimlich hätte beiseite schaffen können; so stellte ihn Samuel in die Reihe der andern, merkte sich aber die Nummer, die ihm Perler gab, und er malte sich aus, wie erfreut Helene reagieren würde, wenn es ihm gelänge, ihr den Koffer zu überreichen. Einmal, als sie kurz in seine Richtung schaute, gab er ihr ein Zeichen, doch sie achtete nicht darauf. Merkwürdigerweise dachte er kaum daran, dass sie sich schon bald trennen würden. Wenn der Gedanke ihn streifte, war es wie einer der Möwenschatten, die über ihn hinweg huschten; obschon sein Verstand ihn widerlegte, war ihm zumute, als hätten sie noch ein ganzes Leben zu zweit vor sich.

Er trug, schob und schleppte die schweren Koffer; vor ihm lag der See, er ließ, wenn er sich zwischendurch streckte, den Blick über die unruhige, von Gischtkronen gefleckte Fläche gleiten. Wellen schwappten ans Ufer; die vertäuten Boote schaukelten heftig. Ihm wurde schwindlig vom bloßen Hinsehen.

Beinahe zwei Stunden vergingen; die Listen waren dem deutschen Zollamt übergeben, das Gepäck registriert und wieder eingeladen. Doktor Jacob hatte Telegramme nach Bern und Berlin geschickt und keine Antwort erhalten; er wusste nicht einmal, ob sie überhaupt angekommen waren. Die Unruhe unter den Russen, die an eine rasche Grenzkontrolle geglaubt hatten, nahm ständig zu. De Weck hatte befohlen, dass die Insassen der Wagen nur im Wechsel und jeweils bloß für zehn Minuten aussteigen durften. Diese Einschränkung stieß auf immer lauteren Widerspruch. Zalkind, energisch unterstützt von Steinberg und anderen, verlangte für den Fall, dass man weiterhin warten müsse, eine provisorische Unterkunft, wo sich der versäumte Schlaf nachholen ließe. Die Balabanoff behauptete plötzlich, der Hauptteil ihres Gepäcks sei noch in Zürich bei der Genossin Bloch; man habe ihr vor ihrer Abreise aus Bern zugesichert, dass es ihr hierher nachgesandt werde. Sie sehe nichts davon, und sie verlange kategorisch, dass die beiden versiegelten Koffer mit diplomatischem Kurier nach Kreuzlingen gebracht würden; vorher werde sie nicht ausreisen. Doktor Jacob und de Weck, dessen Laune sich schon wieder verdüstert hatte, verhandelten eine Weile mit ihr. Während Jacob die Bestimmungen zitierte, an die er sich zu halten habe, ließ sich de Weck zu einem neuerlichen Streit hinreißen; schließlich wandte er ihr den Rücken zu und ignorierte auch Kerklin, der ihm unbeholfen nachlief und wieder auf seinen speziellen Status als Doppelbürger hinwies.

Die Aufregung wuchs, als plötzlich ein deutscher Polizeioffizier zum Schlagbaum kam und sich, das Verzeichnis in der Hand, bei Doktor Jacob erkundigte, ob man auf Schweizer Seite dieses sogenannte Diplomatengepäck überhaupt durchsucht habe. Man müsse sicher sein, dass keine Bomben oder Granaten eingeschmuggelt würden; dem radikalen Liebknecht-Flügel in Berlin sei ja alles zuzutrauen. Er jedenfalls werde mit seinen Leuten eine gründliche Visitation vornehmen; um Zeit zu sparen, könne dies auf Schweizer Boden geschehen.

Jacob reagierte mit kalter Höflichkeit und sagte, dass man sich in der Schweiz, gerade bei einer Ausweisung von Diplomaten, strikte an die internationalen Gepflogenheiten halte.

Der Polizeioffizier, ein untersetzter Mann mit Kaiser-Wilhelm-Schnurrbart, lachte verächtlich. Man merke, sagte er, dass die Schweiz vom Krieg verschont geblieben sei; wenn man in finstern Zeiten überleben wolle, müsse sich zuweilen der Selbsterhaltungstrieb über alle Regeln hinwegsetzen.

Schklowsky, der in der Nähe eine Zigarette rauchte, hatte ein paar Bruchstücke der gereizten Unterhaltung aufgeschnappt; es war genug, um ihn in Alarmstimmung zu versetzen. Er zischte Zalkind eine Bemerkung zu, trat, obgleich dies untersagt war, neben den *De Dion Bouton*, weckte Berzine und erklärte, was für eine neue Schikane gegen sie ausgeheckt werde.

Bevor noch de Weck eingreifen konnte, hatten sich,

unter Schklowskys Führung, die tonangebenden Russen zusammengeschart und traten gemeinsam auf Doktor Jacob zu, der immer noch dem Polizeioffizier gegenüberstand. Sie würden, ergriff Schklowsky ungestüm das Wort, auf gar keinen Fall dulden, dass ihr Gepäck angetastet werde; sie seien Diplomaten und keine Verbrecher; andernfalls garantiere er dafür, dass die russische Regierung auf diese Entgleisung reagieren werde. Seine Landsleute stimmten ihm zu; der Polizeioffizier beharrte auf seiner Forderung; Jacob versuchte zu vermitteln. Die Stimmen wurden lauter, mischten sich ineinander; der Leutnant spurtete herbei und erteilte Befehle, die niemand beachtete.

Als die Lage außer Kontrolle zu geraten drohte, wurde Doktor Jacob ein Telegramm überbracht; er überflog es, reichte es schweigend an de Weck weiter. Auch die andern, die sie umringten, verstummten plötzlich, als wären sie auf eine katastrophale Nachricht gefasst. Das Telegramm kam aus Berlin und enthielt die Durchreiseerlaubnis für die russische Delegation. Der Grenzübertritt, gab de Weck bekannt, sei aus offensichtlich wohlerwogenen, aber ihm unbekannten Gründen erst auf den nächsten Morgen, acht Uhr, festgelegt; ihnen allen bleibe also nichts anderes übrig, als in Kreuzlingen zu übernachten. Diese Aussicht erregte noch einmal den Protest der Russen; doch auch Schklowsky sah ein, dass gegen die Bürokratie, sei sie bürgerlich oder sozialistisch, kein Kraut gewachsen war und man sich ins Unvermeidliche zu fügen hatte. Der deutsche Polizeioffizier drehte sich um und verschwand unverrichteter Dinge im Zollgebäude.

Korporal Riedo hatte währenddessen vorsorglich nach einer Unterkunft Ausschau gehalten. Einige Wirte, die keine Bolschewisten beherbergen wollten, hatten ihn unter fadenscheinigen Ausflüchten abgewiesen; erst im *Rebstock* zu Emmishofen, dem westlichen Stadtteil von Kreuzlingen, waren ihm ein Strohlager und mehrere Gästezimmer zugesichert worden.

13. November 1918, früher Abend

Auf der Bühne des düstern Theatersaals, der zum Gasthof gehört, stehen die Kulissen für ein Heimatstück, Berge und Alphütten aus Sperrholz und Pappmaché. Im Zuschauerraum ist Stroh aufgeschüttet; in der hinteren Hälfte sind Tische und Stühle zusammengerückt. Vom Saal aus führt ein Flur mit Sandsteinfliesen hinüber in die Gaststube und weiter zu einem Treppenhaus, von dem aus man in den ersten und zweiten Stock gelangt, wo sich beinahe lichtlose Gänge verzweigen, an denen auf mehreren, jeweils durch drei, vier Stufen erreichbaren Ebenen die Fremdenzimmer liegen.

Den größern Teil des Saals hat die Mannschaft für sich beansprucht; abgestellte Tornister markieren das Schlafterritorium der Einzelnen. Man stampft herum; der aufgewirbelte Staub reizt zum Niesen. In kürzester Zeit entsteht der Kantonnementsgeruch, den Samuel manchmal kaum mehr erträgt; nach Fußschweiß riecht's, nach feuchtem Tuch und schlechtem Essen.

Gegen alle Einwände besteht der Leutnant darauf, die russischen Familien nach Geschlechtern zu trennen; so müssen die Männer sich oben auf der Bühne, zwischen den Kulissen, einen Platz suchen, während Frauen und Kinder die reservierten Zimmer bezie-

hen. Immerhin hat de Weck sich dazu überreden lassen, den Russen pro Person, gegen Quittung, ein Gepäckstück auszuhändigen, damit sie zumindest ihre Kleider wechseln und Toilette machen können.
Endlich kann Samuel, der die Gepäckausgabe zusammen mit Mauron überwacht, Helene zeigen, wo ihr Toilettenkoffer steht. Zwar reagiert sie lange nicht so überschwänglich, wie er sich erhofft hat; aber ihr anerkennendes Nicken gibt ihm das Gefühl, eine alte Schuld beglichen zu haben. Er trägt Helenes und Rosas Gepäck zu ihrem Zimmer am Ende des Flurs im zweiten Stock. Es ist ein Eckzimmer, das sich durch eine spanische Wand in zwei Hälften aufteilen lässt. Vom Fenster aus sieht man, hinter Häusergruppen, einen Zipfel des Sees; zu einer blaugrauen Pfütze ist er geschrumpft; lichtgraues und schiefergraues Gewölk baut sich darüber. Das ganze Haus widerhallt von Schritten und Stimmen; alle Wasserhahnen laufen, denn zuerst will man sich notdürftig waschen. Zwei-, dreimal haben sich Samuel und Helene in einem der Gänge gestreift; beinahe hätte er nach ihrer Hand gegriffen.
Als Rosa gerade nicht da ist, setzt sich Maria mit verschlossener Miene auf ihr Bett. Hier gibt es Flöhe, sagt sie, und es ist kalt, ich will anderswo hin.
Das geht jetzt nicht, sagt Helene, die sich auf ihrer Seite, hinter der spanischen Wand, zu schaffen macht, während Samuel auf der Schwelle stehen geblieben ist und am Schatten, der sich im schwächer

werdenden Tageslicht auf der geblümten Wand abzeichnet, zu sehen glaubt, dass Helene eben den Mantel auszieht und sich über den Toilettenkoffer beugt, den sie auf einen Stuhl gestellt hat.
Ich bin wirklich sehr froh über den Koffer, sagt sie zu Samuel, als ob sie ihn durch die Wand hindurch sehe. Man müsste ihn allerdings dringend reparieren. Aber das wird wohl erst in Russland möglich sein.
Sie haben bestimmt schon nachgeschaut, sagt Samuel, ob nichts verloren gegangen ist.
Erstaunlicherweise ist noch alles vorhanden. Sie richtet sich auf; schweigt einen Atemzug lang, bevor sie sagt: Sie können jetzt gehen, Sie haben gewiss noch anderes zu tun.
Nein, sagt Maria, der Soldat soll bleiben und mir eine Geschichte erzählen.
Brauchen Sie denn nichts mehr?, fragt Samuel mit belegter Stimme; obschon er gehen möchte, sind seine Füße wie festgewachsen. Ist der Wasserkrug gefüllt? Soll ich den Ofen einheizen? Benötigen Sie Kerzen?
Helene lacht. Sie sind doch Soldat und kein Butler. Wissen Sie nicht, dass wir im Kommunismus das Herr-und-Diener-Verhältnis abgeschafft haben? Wir machen uns jetzt die Hände selber schmutzig. Sie stutzt, lacht über ihren doppeldeutigen Satz, als strenge sie sich an, um jeden Preis lustig zu sein.
Ich möchte unter vier Augen mit dir sprechen, sagt Samuel leise, beinahe ohne Atem; ich habe über vieles nachgedacht.

Ach so? Helenes Erstaunen klingt gekünstelt.
Hinter dem Gasthof, sagt Samuel, liegt ein Garten, dort steht eine große Ulme, bei der warte ich, sobald es dunkel ist.
Der Herr Soldat wünscht also ein *Rendez-vous?* Ist das nicht verboten? Helene beginnt, Samuel errät es an den verschwimmenden Schatten auf der Wand, ihre Haare zu bürsten; das Schaben und Knistern macht ihm Gänsehaut.
Maria springt vom Bett herunter, dreht sich mit ausgebreiteten Armen um sich selber und singt im Takt zu ihren Tanzschritten: Ich geh zurück in unser altes Haus, unser Haus, unser Haus!
Die Stimme eines Korporals schallt befehlend durchs Treppenhaus; so leise wie möglich entfernt sich Samuel von der offenen Tür.
Zurück in unser Haus, unser Haus!, singt Maria laut. Und dann geh ich zu dir, zu dir, zu dir!
Helenes Lachen verklingt; im Zimmer nebenan redet Rosa Berzine mit einer andern Frau. Samuel ärgert sich über seine Nagelschuhe, die über die Holzdielen lärmen. Anderswo stehen ebenfalls Türen offen; Lichtstreifen vergittern den Gang; man könnte verloren gehen in diesem labyrinthischen Gebäude. Unten im Saal versammelt sich offenbar ein Teil der Mannschaft; aber Samuel wird nicht gebraucht und nicht vermisst, sonst würde man seinen Namen rufen. *Brülhart:* Wie oft schon haben ihn diese zwei Silben fremd angemutet, als ob sie einen andern meinten,

einen, der zwei Schritte neben ihm steht, eine Puppe, die bloß von der Uniform zusammengehalten wird, und dieser Nebenmann hat, zu seinem Erstaunen, immer wieder auf den fremden Namen reagiert; der Name war der Angelhaken, der den andern einfing und dorthin zog, wohin er sollte. Jetzt aber, da der Name ihn in Ruhe lässt, nimmt er sich Zeit. Im ersten Stock, ganz in der Nähe und nur leicht gedämpft, hört er vertraute Stimmen, die des Leutnants und dann jene Jacobs, lauter als gewohnt. Samuel nähert sich der Tür des Doppelzimmers, in dem die beiden untergebracht sind. Gleich daneben liegt der Abort; instinktiv, bevor er genauer überlegt, schließt sich Samuel darin ein, schiebt, des Gestanks wegen, das Lauffensterchen zurück, legt das Ohr an die Wand, und nun versteht er de Weck und Jacob so deutlich, als stände er mitten im Zimmer.
O doch, sagt eben der Leutnant, es ist das Klügste, sie so schnell wie möglich abzuschieben. Ich kann Ihnen auf der Karte ein halbes Dutzend Stellen zeigen, die sich dazu eignen.
Ich sage Nein und nochmals Nein, erwidert Jacob, damit würden wir unseren diplomatischen Ruf ruinieren.
Bei wem denn? Bei einem Regime, das der nächste Windstoß wegblasen wird!
Wir haben uns, verehrter Herr Leutnant, mit sämtlichen Regimes zu arrangieren. Daran werden auch Sie nicht rütteln können.

Aber Sie sehen doch, dass man uns zum Besten hält! Schon hat so ein subalterner Trottel die Durchreiseerlaubnis für morgen früh widerrufen, ein anderer wird sie wieder in Kraft setzen, ein dritter etwas Neues anordnen. Die blanke Anarchie. Und wir sitzen hier fest, bis wir verschimmeln!

Ich habe den Bundesrat telegrafisch avisiert, sagt Jacob mit äußerstem Nachdruck, er wird die nötigen Demarchen unternehmen. Oder gehen Sie etwa, wider besseres Wissen, davon aus, dass unsere Regierung bereits entmachtet ist?

Nein! De Weck scheint, nach dem dumpfen Knall zu schließen, der durch die Wand dringt, aufzustampfen. Wie weit reicht denn eigentlich Ihre diplomatische Intelligenz? Wenn's so wäre, wie Sie mir unterstellen, müsste ich mich mit den Bolschewisten anfreunden, statt sie abzuschieben! Ich sage Ihnen noch einmal: Ich führe sie diese Nacht an eine unbewachte Stelle zum Rhein, wir requirieren ein paar Boote und setzen mit ihnen über. Nur so werden wir sie los.

Sie sind ein Kindskopf!, entfährt es Jacob. Sie haben zu viele Abenteuerromane gelesen. Aber das hier ist kein Kinderspiel, an der Grenze wird scharf geschossen. Und was geschieht, wenn man die Russen einfach zu uns zurückjagt?

De Weck zwingt sich mühsam zur Höflichkeit. Sie mögen zwanzig Jahre älter sein als ich, aber erstens brauche ich mir von Ihnen keine Beleidigungen ge-

fallen zu lassen, und zweitens verstehe ich von militärischen Belangen mehr als Sie.
Sagen Sie doch gleich, Sie wollen sich mit mir duellieren. Schluss damit! Für den Grenzübertritt sind nicht Sie zuständig, ich bin's. Haben Sie das verstanden?
Jacobs Stimme ist schrill geworden, bösartig; de Weck stößt ein entrüstetes Pah! hervor, Schritte dröhnen, eine Tür fliegt auf, wird zugeworfen. Die Schritte entfernen sich, kehren zurück; jemand rüttelt an der Klinke zum Abort. Besetzt!, sagt Samuel mit verstellter Stimme und duckt sich. Der Leutnant flucht, seine Schritte entfernen sich wieder; im Zimmer nebenan quietschen die Federn des Betts, auf das sich Jacob fallen lässt.

Im Saal läuft Samuel Korporal Riedo in die Arme; der schickt ihn hinaus zum Autowaschen. In der beginnenden Dämmerung gießt er, zusammen mit Mauron, kübelweise Wasser über den *De Dion Bouton*, so dass der Dreck sich auflöst und auf den Boden tropft; mit Schwamm und Lappen wischen sie über Holzrahmen, Karrosserie, Schutzbleche, bis der Lack, in dem sich der Himmel spiegelt, wieder zum Vorschein kommt, und in der parkierten Reihe vor dem *Rebstock* tun die andern, zu Wassergeplätscher, Schrubbgeräuschen, leisen Flüchen, das Gleiche.
Da sehe man's wieder, sagt einer, in der Armee zähle das Material mehr als der Mensch.

Mauron, der minutenlang an der gleichen Stelle herumputzt, erwidert, man müsse ja nicht alles so ernst nehmen, was die Offiziere von einem verlangten; deren Zeit, fügt er halblaut hinzu, sei sowieso bald abgelaufen. Die Wolken sind vom Sonnenuntergang so rot, dass man glauben könnte, es regne Blut, denkt Samuel und betrachtet die roten Wassertropfen, die über seine Hände rinnen.

Als die Autos sauber sind, beordert de Weck den Zug zur andern Hälfte des Platzes, wo die Gewehrpyramide steht. Er inspiziert das Tenue, die zugeknöpften Stehkragen, er kündigt zwanzig Minuten Drill an, übertönt den aufkommenden Unmut der Männer mit weitern Befehlen. Samuel greift nach seinem Gewehr wie unzählige Male zuvor; Trampeln und Scharren, unterdrücktes Gekeuch; die Schuhe auf einer Linie mit dem Nebenmann; das Kinn vorrecken, den Bauch einziehen, jeder Muskel versteift. Dann der taktmäßig befohlene Gewehrgriff, bis die Hände schmerzen; zum Schluss das Exerzieren in Vierer-Kolonne: Man hackt die Absätze in den Boden, lässt die Arme fliegen; das Schritteknallen wird zum beherrschenden Laut, und wie jedesmal kommt der Moment, wo Samuel sich vergisst und mit dem gut dressierten vielbeinigen Marschtritt-Tier verschmilzt, gleichsam aufgeht im simplen Marschtakt, der keine Abweichungen, keinen Taktwechsel zulässt.

Erst als im Wirtshaus die Lampen angezündet werden, beendet Leutnant de Weck den Drill, und Samuel kommt wieder zu sich, so beschämt, als habe er, obgleich er bloß den Befehlen gehorchte, etwas Abstoßendes getan.

Jetzt hätten sie Zeit, sich persönlich zu retablieren und die Kameradschaft zu pflegen, sagt der Leutnant zu den erschöpften Soldaten; Essen um sieben Uhr. Er verlange im Kantonnement peinliche Ordnung und Sauberkeit, das vermindere die Ansteckungsgefahr; Brotsäcke links vom Tornister, die geputzten Schuhe rechts davon. Der Grenzübertritt der russischen Delegation sei aus technischen Gründen noch einmal verschoben worden; er rechne mit einem definitiven Termin für Donnerstagabend. Man werde auf jeden Fall den militärischen Betrieb aufrechterhalten; die Wachtablösungen für die Nacht würden nach dem Essen bekannt gegeben.

Die Mannschaft salutiert, löst sich in Grüppchen auf; man macht sich in Andeutungen über den Leutnant lustig. Er muss gleich alt sein wie ich, denkt Samuel; aber manchmal wirkt er alterslos wie die Porträts der bezopften Adligen im Historischen Museum. Samuel hasst sie, diese Gesichter, denen man ansieht, wie leicht ihnen das Befehlen fällt.

Er taucht die Hände in den Brunnen, wäscht sich Hals und Gesicht. Jemand hat eine Laterne nach draußen gebracht; ihr Schein tanzt über das Wasser im Trog; die Müdigkeit fließt von Samuel ab, wird eingesogen vom moosumwachsenen Ausguss. Corpataux, ein stiller Kleiner, sei krank, sagen einige, man habe ihn ins Bataillons-Lazarett gebracht; keiner erwähnt die Grippe. Jetzt kommt es auf nichts mehr an als auf die nächste Stunde; danach ist alles offen und leer wie der See, als Samuel ihn zum ersten Mal sah. Er holt im Kantonnement sein Mannsputzzeug, findet den Hinterausgang, der in den Garten führt; er zieht im schwachen Lichtschein, der von einem Fenster auf die Beete fällt, seine Schuhe aus, bürstet den Dreck weg, stochert ihn zwischen den Nägeln der Sohle hervor; dann schlüpft er wieder hinein, lässt aber die Schnürsenkel ungebunden. Wenn ihn jemand ertappt, wird er sagen, er habe gerade die Schuhe geputzt. Das Putzzeug in der Hand, geht er über den schmalen Kiesweg zur Ulme, die nur noch eine finstere Masse ist. Jemand hat einen Teil des welken Laubs zu einem Haufen zusammengerecht. Auf den setzt er sich, sinkt ein; einen Moment lang fürchtet er weiterzusinken, zu fallen, immer schneller zu fallen bis auf den Grund des Brunnens, wie damals, als die Mutter ihm das Märchen von Frau Holle erzählte. Doch er bleibt sitzen, den Blick aufs Haus gerichtet; er wartet, rührt sich auch nicht von der Stelle, als die Nässe des Laubs durch seinen Hosenboden dringt. Vom Haus her hört er Geschirrgeklapper, Männergelächter. Ein Geruch nach Sauerkraut zieht an ihm vorbei; er wartet, versucht Martha aus seinen Gedanken zu verbannen. Die Minuten schrumpfen und dehnen sich; Blätter, nur noch wahrnehmbar als huschende Flecken, fal-

len in unregelmäßigen Abständen vom Baum.
Endlich, als es nach Samuels Gefühl schon beinahe sieben ist, knarrt die Hintertür in den Angeln. Ein Schatten mit einem glühenden Punkt löst sich von der Mauer, bewegt sich zögernd auf ihn zu. Ebenso zögernd steht Samuel auf, streift sich Laub von der Hose. Hier bin ich, sagt er leise.
Helene bleibt vor ihm stehen, ohne Mantel, wie er knapp erkennt; sie zieht heftig an ihrer Zigarette, so dass im Aufglühen ihr Gesicht einen Augenblick lang sichtbar wird, bläst den Rauch an ihm vorbei.
Eigentlich weiß ich gar nicht, warum ich gekommen bin, sagt sie mit einem halben Lachen. Es war gar nicht so einfach, mich davonzuschleichen. Die glauben, ich sei jetzt im Bad.
Ich habe dich noch nie rauchen gesehen, sagt er.
Du kennst eben erst einen Zehntel von mir. Sie wirft die Zigarette weg, tritt sie mit dem Absatz aus.
Samuel nimmt, in einem Anfall von Tollkühnheit, ihre beiden Hände; sie sind kühl, erwidern aber seinen Druck.
Helene, sagt er, vielleicht komme ich doch mit dir.
Vielleicht?, spottet sie. Das klingt nicht gerade entschlossen.
Ihre Gesichter sind, wie vor zwölf Stunden am Waldrand, einander zugewandt, verdunkelt jetzt, geheimnisvoller; er muss erraten, was für eine Miene sie macht, die Augäpfel sind das Hellste an ihr.
Wir könnten diese Nacht fliehen, sagt er tonlos, wir

suchen uns ein Boot am Rhein, setzen nach Deutschland über, dann schauen wir weiter.
Langsam zieht sie ihre Hände aus seinen zurück. Und wer soll uns weiterhelfen? Dein lieber Gott?
Deutschland ist jetzt doch sozialistisch, du wirst überall Freunde finden.
Wie soll ich das bitte verstehen? Du willst mit mir allein weg, zu zweit? Du willst, dass ich meine Genossen im Stich lasse?
Samuel schweigt verlegen, spürt die Kühle, die ihre Hände in seinen hinterlassen haben; er möchte an ihnen riechen, wagt es aber nicht.
Und ausgerechnet jetzt, fährt sie in schärfer werdendem Ton fort, jetzt, wo bei euch alles ungewiss ist, willst du fort?
Samuel beginnt, trotz seines Fröstelns, zu schwitzen. Ich will es deinetwegen, und du musst's auch meinetwegen wollen, sonst hat's keinen Sinn. Die Sätze, die er sich so lange überlegt hat, verändern sich in seinem Mund, werden linkischer und bittender.
Du lieber Himmel, ich glaube, du meinst es ernst! Sie macht einen Schritt auf ihn zu, legt eine Hand auf seine Wange, lässt sie dort ruhen wie ein unerwartetes Geschenk. Du willst alles aufs Spiel setzen? Und nur meinetwegen?
Er nickt.
Das ist ein sehr hoher Einsatz, mein lieber Soldat. Ich fürchte, ich bin nicht imstande, einen gleich hohen zu leisten.

Warum denn nicht? Er löst ihre Hand von seiner Wange, verflicht sie mit seiner, streichelt mit den Fingerspitzen der andern Hand ihr Handgelenk; von den Berührungspunkten her überschauert ihn eine Erregung, die er kaum erträgt.

Es ist merkwürdig, sagt sie beinahe entschuldigend, ich glaube, dass mich in diesen Zeiten die Politik mehr braucht als die Liebe. Sie stutzt, schnalzt missbilligend mit der Zunge. Habe ich eben Politik gesagt? Das klingt so abgedroschen. Und noch abgedroschener klingt es, wenn ich behaupte, dass alle Menschen ein Recht auf ein Leben in Würde haben und dass es unsere Aufgabe ist, uns dafür einzusetzen … Hörst du mir zu? Ja, ich glaube an die Idee der Gerechtigkeit und daran, dass die Politik gerechtere Zustände herbeiführen kann. Und wenn du mir sagst, dass ich selber ja völlig unfähig sei, gerecht zu sein und gerecht zu leben, dann antworte ich: Du hast Recht, und trotzdem will ich mit aller Kraft daran glauben.

Aber du fürchtest dich doch davor, nach Russland zurückzukehren, sagt Samuel. Wir könnten anderswo neu anfangen, unter falschen Namen. Er versucht, sie näher zu sich zu ziehen, spürt ihr Widerstreben.

Eine starke Leidenschaft ist das Ungerechteste, was es gibt, sagt Helene. Sie verbannt Mann und Frau auf eine Insel, auf der nur sie beide existieren, niemand sonst. Dorthin will ich nicht, verstehst du? Ich

möchte auf dem Festland bleiben, ich möchte zu einer Gemeinschaft gehören.
Ich auch, antwortet Samuel. Aber man kann doch eine Weile auf der Insel bleiben und dann wieder aufs Festland zurück.
Vielleicht gibt es eine richtige und eine falsche Zeit fürs Inselleben, sagt sie. Jetzt, wo alles im Umbruch ist, wäre es die falsche.
Du und deine großen Ideen, sagt er und lässt ihre Hand los, lässt sie weggleiten wie einen fremden Gegenstand. Gerechtigkeit, Menschenwürde, das Ende der Ausbeutung. Kommt es wirklich darauf an?
Ja! Sie tritt einen Schritt zurück, stolpert, fällt rücklings in den Laubhaufen. Mit überraschtem Lachen bleibt sie einen Moment liegen, setzt sich, ihren Rock glattstreichend, wieder auf. Siehst du, so weit kommt es, wenn man über Liebe und Politik streitet.
Samuel bückt sich nach einem verwelkten Ulmenblatt, versucht es zwischen den Fingern zu glätten, ertastet die Blattrippen, so wie er vorhin Helenes Adern am Handgelenk ertastet hat.
Manchmal denke ich, dass ein einziges Ulmenblatt, ein einziger schöner Stein wichtiger sind als alle großen Ideen.
Sie erhebt sich abrupt. Und das soll keine Idee sein? Du lieber Himmel, was du da sagst, ist doch der Inbegriff kleinbürgerlicher Naturromantik! Du schaust also versonnen deine Blätter und Steine an und lässt es geschehen, dass die Reichen immer

reicher, die Armen immer ärmer werden!
Samuel versucht, die Kränkung wegzustecken. Sieh doch, sagt er und hält Helene das Blatt zwischen zwei Fingern vor die Augen. Ein solches Blatt braucht keine Erklärungen.
Ich sehe nichts, wehrt sie ab. Gar nichts außer einem kleinen Fleck.
So stell es dir vor. Er sucht nach den richtigen Wörtern und findet nur halb richtige. Glaubt er denn an das, was er sagen will? Hat Helene nicht ebenso Recht? Er sagt: Es ist leicht, Ideen nachzuplappern und andern aufzuzwingen. Aber es ist unmöglich, ein solches Blatt nachzubilden, niemand kann es wachsen und verwelken lassen … Verstehst du? Selbst die größten Ideen sind unvollkommen, verglichen mit einem einzigen kleinen Ulmenblatt.
Ich habe nie gedacht, sagt Helene schroff, dass es unsere Aufgabe sei, Ulmenblätter zu produzieren. Wovon reden wir eigentlich?
Von uns. Aber du verstehst mich nicht. Samuel kann seinen schneller werdenden Atem, die zornige Verzweiflung, die in ihm aufsteigt, kaum mehr zügeln; er zerkrümelt das Blatt zwischen den Fingern, wirft es weg.
Nein, ich verstehe dich nicht. Sie tritt unter dem Astdach der Buche hervor und auf den Gartenweg; sie schüttelt den Kopf, so dass Samuel im schwachen Mondschein ihre Haare fliegen sieht. Ein Mann, der in diesem feierlichen Ton von Blättern spricht, lang-

weilt mich. Im übrigen friere ich, ich gehe hinein. Helene! Du hörst mir gar nicht zu!
Sie dreht sich um, beschleunigt ihre Schritte; er läuft ihr nach, überholt sie, schneidet ihr den Weg ab, versucht, sie zu umarmen, ihr Gesicht mit Küssen zu bedecken. Ein paar Sekunden lang ringen sie miteinander; empört stößt sie ihn weg, er taumelt, fängt sich auf.
Was fällt Ihnen ein?, zischt sie. Sie wollen doch nicht etwa, dass ich diesen Vorfall melde?
Bitte, stammelt Samuel, ich wollte nur …
Sie lässt ihn stehen, verschwindet im Haus; die Tür fällt ins Schloss. Er lehnt sich an die Mauer, er weint. Nach einer Weile, als vom nahen Kirchturm die volle Stunde schlägt, hebt er den Kopf und lauscht, von drinnen hört er Stimmengewirr und Geschirrgeklapper; Schatten verdunkeln die beleuchteten Fenster. Die andern sitzen wohl schon, Ellbogen an Ellbogen, beim Essen; er weiß nicht, ob er noch zu ihnen, ob er überhaupt zu jemandem gehört.

13. November 1918, Nacht

Samuel kam zu spät zum Essen. Niemand achtete auf ihn; nur Mauron, neben den er sich am äußersten Ende des Tisches setzte, zwinkerte ihm zu. De Weck hatte Tenue-Erleichterung gestattet; aber er und Doktor Jacob sonderten sich mit Major Tissot und seinem Adjutanten, die zum Nachtessen gekommen waren, in der vornehmeren Fischerstube von der Mannschaft ab. Die Soldaten hatten ihre Uniformröcke ausgezogen und über die Stuhllehnen gehängt; sie hatten die obersten Hemdenknöpfe geöffnet, die Ärmel zurückgekrempelt; sie aßen, rissen Witze, ließen die Biergläser nachfüllen und prosteten einander zu. Es war das vertraute Bild, das Samuel von zahllosen Ausgangs-Abenden kannte: Man feierte, man zeigte sich als der, den die andern in einem sahen; das Saufen, das dröhnende Lachen, der Lampenschein: sie schufen einen Schutzraum, in den die Außenwelt nicht eindringen konnte.
Samuel brachte keinen Bissen herunter; er stocherte im Sauerkraut herum, das nach Fäulnis und Gärung stank, spießte den grünen Speck auf und ließ ihn stehen; nur Bier trank er, danach Wasser, er hätte ewig weitertrinken mögen, er hätte sich gewünscht, dass sein brennender Magen überschwemmt würde, nein, dass er selber willenlos im Wasser triebe und fortgetragen würde, irgendwohin. Mauron stieß ihn ein paar-

mal an, wollte ihn zum Essen nötigen; als es nichts nützte, zuckte er mit den Achseln, lehnte sich zurück und stimmte ins Lied ein, das am andern Ende des Tischs, in der Ecke der Romands, gesungen wurde: *Quand je pense à mon village, là-bas au val d'Anniviers, o lire dondé! Je n'ai plus goût à l'ouvrage et mon cœur se met à pleurer.* Es war eines der welschen Lieder, das auch die Deutschfreiburger der Spur nach kannten; spätestens beim Refrain – *Là-haut, là-haut, c'est mon hameau* – setzten sie jeweils lautstark, mit herausgeschrienem breitem A ein; und Samuel hatte sich bisweilen von der wiegenden, in Terzen verlaufenden Melodie dazu verführen lassen, eine zweite Stimme zu erfinden. Doch heute schwieg er und schaute hinüber in den andern Teil der Gaststube, wo an drei Tischen die Russen saßen, stiller und bedrückter als in Hunzenschwil; nur Schklowsky spielte den Salonlöwen und versuchte die Frauen zum Lachen zu bringen. Wo aber war Helene? Samuel reckte den Hals; er sah die Berzines, Rosa neben der missgelaunten Balabanoff, die auf ihr Gepäck wartete, er sah Maria mit aufgestecktem Haar. Aber Helene war nicht dabei; sie hatte wohl keinen Appetit, genau wie er; sollte er sich darüber wundern? Sein Blick kreuzte sich mit jenem Berzines; er schien Samuel zuzulächeln, machte mit der Hand eine kleine drehende Bewegung, die alles bedeuten konnte oder nichts.

Nachdem das Geschirr abgeräumt war, stand Korporal Riedo auf, verschaffte sich Gehör. Wer sich frei-

willig für die Nachtwache melde, fragte er. Die Männer senkten die Köpfe; sie wollten schlafen und nicht Wache schieben.
Schklowsky schrie dazwischen: Denkt ihr immer noch, wir rennen euch davon?
Es gebe eine Zweierpatrouille, sagte Riedo, mit einem abweisenden Blick auf den Russen; die Ablösung erfolge alle zwei Stunden. Er brauche zwischen zehn Uhr nachts und sechs Uhr morgens acht Mann; sie könnten den entgangenen Schlaf bei nächster Gelegenheit nachholen.
Nun hoben sich doch ein paar Hände; Samuel wurde sich bewusst, dass er seine ebenfalls aufstreckte. Riedo teilte ihn, zusammen mit Mülhauser, in die Wache zwischen zwei und vier Uhr morgens ein; es bedeutete, dass er zwei Stunden weniger träumen musste. Man würde draußen um den Gasthof und durchs Haus patrouillieren; vielleicht würde er Helene so wieder näher sein.
De Weck erschien unter der Tür; er hatte sich rasiert und sah sehr bleich aus. Er besprach sich mit Riedo, ergriff dann das Wort und sagte, es gebe nichts Neues; sie würden wahrscheinlich den Donnerstag hier verbringen, eventuell sogar die Nacht auf Freitag. Die Stimmung in der Bevölkerung sei gereizt; man müsse weiterhin mit Anschlägen rechnen. Den Russen sei es streng verboten, den Gasthof zu verlassen; die Wache habe Schießbefehl nach dem dritten Anruf; aufgegriffene Personen seien ihm zu jeder Nachtstunde vorzu-

führen. Er wünschte eine gute Nacht und verschwand.
Dem geht's mies, flüsterte Mauron Samuel zu; der ist vielleicht schon morgen nicht mehr Leutnant.
An einigen Tischen wurden Jasskarten gemischt und ausgeteilt. Samuel machte nicht mit beim Kartenspiel; er war der Fünfte am Tisch, der Überzählige. Schaufelbub, Kreuzkönig, Herzdame: Immer erst im Nachhinein begriff er, welche Farbe Trumpf war. Gesichter schwammen durch Stumpenrauchnebel auf ihn zu, schweißglänzend und aufgedunsen; Zoten umzingelten ihn wie Ratten mit verklebtem Fell. Er hielt es nicht mehr aus, er stemmte sich, die Hände an der Tischkante, hoch, zirkelte seine Schritte – auch er hatte vom Thurgauer Roten getrunken – an Schuhen und Tischbeinen vorbei. Dann stand er aufatmend draußen vor dem Gasthof, im Hemd nur; der Mond schien auf die parkierten Automobile, und sogleich erkannte er den *De Dion Bouton.* Lud er nicht zum Einsteigen, zum Wegfahren ein? Samuel lehnte sich an den Türpfosten. Auf der andern Seite, unter der Kastanie, rauschte der Brunnen, und das Rauschen wurde allmählich lauter als die Stimmen von drinnen, aber Samuel wusste nicht, ob es in seinem Kopf rauschte oder ob es wirklich der Brunnen war.
Geht es Ihnen nicht gut?, fragte eine Stimme in seiner Nähe. Jemand trat aus dem Schatten auf ihn zu; es war Jean Berzine, der offenbar schon eine Weile hier gestanden hatte.

Es ist mir zu laut drinnen, antwortete Samuel mit schwerer Zunge. Ich will schlafen gehen.
Ich auch, sagte Berzine. Ich bin todmüde. Wir haben ja letzte Nacht nicht viel geschlafen. Ich wollte mich nur noch ein bisschen auslüften.
Sie schwiegen; ein Windstoß wehte Blätter über den Platz.
Wissen Sie, wo Helene ist?, fragte Samuel; es schien ihm, als müsse er über die Wörter hinwegklettern wie über eine Reihe gefällter Bäume.
Helene? Ich glaube, sie ist oben im Zimmer. Sie habe Migräne, hat Rosa gesagt, da ist sie unansprechbar.
Der Mond verschwand hinter Wolken; es wurde schlagartig dunkler, die Lichtstreifen, die von den Fenstern kamen, zeichneten sich deutlicher auf dem Boden ab.
Ich habe Helene beleidigt, sagte Samuel, ich weiß nicht, was ich tun soll. Er biss sich beinahe auf die Zunge. Weshalb war ihm das herausgerutscht? Warum flößte ihm Berzine so viel Vertrauen ein?
Sie ist sehr stolz, sagte Berzine, sie war auch schon böse auf mich. Aber das wird sich legen.
Sie sind doch Bolschewist, sagte Samuel und wunderte sich wieder, wer da aus ihm sprach und sich nicht daran hindern ließ weiterzusprechen; und Helene ist Bolschewistin. Da müssen Sie doch ein Mittel kennen, wie man sie … wie man sie umstimmen kann. Und dazu dachte er, als erfände er eben

eine zweite Stimme: Küssen reimt sich auf müssen, aber das sage ich lieber nicht.
Berzine lachte hüstelnd. Wollen Sie uns alle in den gleichen Topf werfen? Denken Sie, weil wir Bolschewisten sind, müssten wir alle die gleichen Gefühle haben, den gleichen Reaktionen unterliegen?
Samuel schüttelte heftig den Kopf; wenn er ihn noch heftiger geschüttelt hätte, wäre er weggeflogen und zum *De Dion Bouton* gekollert; Danton wurde geköpft; aber wem hat Salome das Haupt Johannes des Täufers gezeigt?
Sie haben dem Tod ins Auge geschaut, sagte er zu Berzine, da wissen Sie doch, was Tod und Liebe bedeuten. Er schauderte, begann mit den Zähnen zu klappern.
Kommen Sie, sagte Berzine und nahm ihn sanft, aber bestimmt am Ellbogen, wir gehen jetzt zu Bett. Sie erkälten sich sonst.
Aber mein Uniformrock …
Ihren Uniformrock wird Ihnen schon jemand bringen.
Widerstandslos gehorchte Samuel dem Druck der Hand; Berzine führte zum Anbau mit dem Theatersaal. Die beiden Wachsoldaten, die ihnen entgegenkamen, gingen lachend weiter, als sie Samuel stolpern sahen.
Der Saal war von ein paar an der Decke aufgehängten Petrollampen notdürftig beleuchtet; hier und dort lag schon einer im Stroh.

Wo ist Ihr Platz?, fragte Berzine und ging, Samuel mit sich ziehend, der Reihe von Tornistern entlang. Kam's denn darauf an, den richtigen Platz zu finden? War nicht jeder Ort gleichermaßen richtig oder falsch?
Hier, sagte Samuel, hier bin ich.
Ein neuer Gedanke schob sich wie ein Schiff in seinen Kopf, wurde von einer Welle plötzlicher Erregung hinaufgetragen, sackte herunter in den Mund, zerbarst in Wörter: Ich schreibe Helene einen Brief, ja, einen Brief, das wird sie freuen, nicht wahr?
Tun Sie das, erwiderte Berzine freundlich. Aber erst morgen.
Erst morgen, wiederholte Samuel, erst morgen. Er versuchte, sich um sich selber zu drehen, sank, von Berzine gehalten, aufs Stroh, rollte sich zusammen.
Berzine faltete ein Hemd, das über einen Tornister gebreitet war, und schob es unter Samuels Kopf; dann deckte er ihn mit einem der Soldatenmäntel zu, die zum Trocknen über dem Ofen hingen.
Auch mein Vater, sagte Samuel, hat dem Tod in die Augen geschaut. Aber nicht im Schützengraben, verstehen Sie?
Berzine legte die Hand auf Samuels Stirn. Fieber haben Sie nicht. Sie sind bloß ein wenig beschwipst.
Diese verfluchte Grippe, lallte Samuel, wenn's nicht der Krieg ist, dann ist's die Grippe, nicht wahr?
Schlafen Sie gut, sagte Berzine.

14. November 1918, zwei Uhr nachts

Und plötzlich ist es Zeit und doch viel zu früh; der Schlaf haftet an ihm wie aufgegangener Teig, daraus kämpft er sich hoch. Er hat geschwitzt in der dumpfen Luft; die Nässe verwandelt sich sogleich in Kälte.
Du bist dran, sagt der, den er ablösen muss, beeil dich. Nicht mal die Schuhe hast du ausgezogen.
Samuel sitzt im Stroh, reibt sich die Augen. Alles ist schwer an ihm; das Schwerste aber ist der Kopf, ein Kopf voller Sand und Steine.
Der andere hilft ihm in den Uniformrock, dann in den Mantel; draußen sei's arschkalt, sagt er, aber alles ruhig, zum Glück. Der Rock gehört nicht Samuel, er spannt unter den Achseln; was soll's, Uniform ist Uniform. Bei der Tür wartet Mülhauser, begrüßt ihn mit einem Gähnen. Vom Vorgänger übernimmt Samuel die Laterne, in der die Kerze schon halb niedergebrannt ist.
Zuerst patrouillieren sie einmal um den Gasthof, dann macht einer im Haus die Runde, während der andere draußen wartet. Der Mond ist untergegangen, der Himmel steinkohlenschwarz. Sie gehen, beinahe im Gleichschritt, hinter dem Garten vorbei, dann den parkierten Autos entlang. Es ist ruhig; trotz der ungewissen Lage herrscht nachtdunkler, novemberlicher Frieden, den nur ihre Schritte und Atemzüge

stören. Im Jura, wenn er hinüberspähte ins Niemandsland, war's anders; Leuchtgeschosse durchzogen manchmal den Himmel; man wusste nie, wann die Deutschen oder die Franzosen angreifen würden. Doch hier empfindet Samuel keine Angst, nur eine Sehnsucht, die ihn wehrlos macht, und darum will er als Erster ins Haus. Mülhauser hat keine Einwände; mit der blakenden Laterne steigt Samuel in den ersten Stock hinauf, dann in den zweiten; sein Schatten folgt ihm, lautlos über Wände und Türen gleitend, zum letzten Zimmer im Flur. Davor bleibt er stehen, presst das Ohr an die Tür. Sie ist nicht verriegelt; langsam öffnet er sie, wie in Trance, leuchtet mit der Laterne ins Zimmer. Der Schein fällt auf Rosas Bett, auf ihren Kopf mit dem offenen Haar; daneben, im kleineren Bett, hat sich Maria halb abgedeckt. Aber immer noch ist nicht klar, ob Helene da ist oder nicht; also schaut Samuel nach, wagt sich auf Zehenspitzen hinter die spanische Wand, wartet bei jedem Knarren mit angehaltenem Atem, ob sich nichts regt. Wie ungelenk man als Soldat ist; man müsste Gewehr und Uniform wegwerfen, sich nackt und leicht zu der Geliebten ins Bett legen. Ja, da liegt sie, von ihm abgewandt, die Decke um sich gezogen. Was will er denn? Nichts, bloß schauen; er kniet sich neben das Bett, streckt mit unendlicher Vorsicht die Hand aus. Sie seufzt im Schlaf, wälzt sich herum, liegt nun auf dem Rücken; die Decke ist von den Schultern zurückgeglitten und hat den matt schimmernden Hals entblößt, den Ansatz der Brust; ein nackter Arm hängt heraus, sperrig und fremd, als würde er gar nicht zu ihr gehören. Helene, flüstert er. Nein, er berührt sie nicht, er will nur ihren freundlichen Blick, er beugt sich tief zu ihr hinunter, schiebt die Haare beiseite, damit er in ihr Ohr flüstern kann, und da verzieht sie den Mund, öffnet plötzlich die Augen, die sich im Lichtkreis der Kerze erst weiten, dann zu blinzeln beginnen.

Wir können gehen, flüstert er, ich weiß den Weg.

Sie bewegt schnüffelnd die Nasenflügel, scheint ihn zu erkennen. Lass mich schlafen, sagt sie halblaut, nicht böse. Es ist mitten in der Nacht.

Komm mit, flüstert er, immer noch kniend. *C'est l'heure du départ.*

Plötzlich lächelt sie, lacht lautlos, dass ihre Schultern zucken, doch dann schüttelt sie den Kopf. Du Narr, sagt sie zärtlich, geh jetzt, du darfst nicht bleiben.

Ja, sagt er, ich war ein Narr. Verzeih mir.

Helene nickt, macht, halb spöttisch, halb ernsthaft, eine segnende Gebärde. Große Absolution. Zum Abschied bekommst du einen Kuss von mir, vorher nicht. Geh jetzt, geh! Sie spricht nun beinahe mit normaler Lautstärke, in besorgtem Ton; drüben, hinter der spanischen Wand, bewegt sich ein Körper; Maria sagt etwas im Schlaf.

Samuel legt den Finger auf den Mund, zieht sich vorsichtig, Fuß um Fuß, zurück; er will sie so lange wie möglich im Auge behalten. Feenhaft liegt sie da, mit

einem Lächeln, das er, da jetzt der Lichtschein von ihrem Gesicht weggleitet, bloß noch erahnen kann; er will sich das Bild für immer und ewig einprägen.
Es gibt Blicke, die können nicht Abschied nehmen, auch wenn die Füße weitermüssen, und so stolpert Samuel, rückwärts gehend, über den Toilettenkoffer, der mit zurückgeklapptem Deckel auf dem Boden liegt, prallt mit der Schulter gegen die spanische Wand; er fährt herum, versetzt ihr mit dem umgehängten Gewehr einen noch heftigeren Stoß. Aber als sie krachend über Rosas Bett fällt, ist es nicht Rosa, die zu schreien beginnt, sondern Maria; ihre schrillen Schreie durchschneiden die Stille nach dem Fall. Samuel stößt den Koffer mit dem Fuß von sich weg, er stellt hastig die Trennwand wieder auf und schiebt sie zur Seite, um ohne Umweg zu Maria zu gelangen. Aufrecht sitzt sie im Bett, schreiend, die Fäuste auf die Augen gepresst; wie soll er sie beruhigen? Auch Rosa regt sich nun, reibt ihre Stirn, die von einer Kante getroffen wurde.
Was tun Sie denn hier?, fragt sie Samuel verblüfft, noch ohne Argwohn.
Vom andern Bett her ruft Helene: Bleib nicht hier! Verschwinde endlich!
Samuel deutet mit der Laterne auf Maria, die nicht aufhört zu schreien, und sagt: Sie ängstigt sich, es gibt gar keinen Grund dafür.
Sie hat einen Anfall, erwidert Rosa, man muss sie zu sich bringen.

Ärgerlich schlägt sie die Decke zurück, schwingt, das Nachthemd herunterziehend, ihre Beine über den Bettrand und geht auf bloßen Füßen zum schreienden Kind hinüber. Inzwischen ist es auch im Nachbarzimmer unruhig geworden; von draußen nähern sich Schritte.
Va-t-en!, ruft Helene, die sich im Bett aufgerichtet hat, Samuel zu; doch der bewegt sich nicht, schaut Rosa gebannt zu, wie sie vor Maria steht, wie sie das schreiende Kind links und rechts ohrfeigt, so heftig, dass sein Kopf hin- und herfliegt. Gleichzeitig stürzt die Balabanoff herein, und obgleich nun Marias Schreien in ein empörtes Schluchzen übergeht, beginnt die Balabanoff, beim Anblick des Soldaten, um Hilfe zu rufen, laut und durchdringend. Vergeblich versucht Helene, sie zu beschwichtigen. Als Samuel sich endlich, an der Balabanoff vorbei, die ihm den Ausgang versperrt, davonmachen will, sind schon die nächsten, aufgeschreckt vom Lärm, bei der Tür angelangt, darunter der Wirt und der Koch, dann auch de Weck, der, die Pistole in der Hand und immer zwei Stufen auf einmal nehmend, vom untern Stock herbeigelaufen ist. Er verschafft sich Zutritt zum Zimmer, zückt die Pistole gegen Samuel, lässt sie verdattert sinken, als er ihn erkennt. Eigentlich sieht er, im ärmellosen Leibchen und in langen Unterhosen, lächerlich aus; doch niemand lacht, und Samuel steht verlegen vor ihm, in demütiger Haltung.
Füsilier Brülhart, was zum Teufel treiben Sie da?

Er ist einfach bei uns eingedrungen, sagt Rosa mit triumphierender Schärfe. Er hat den *Paravent* umgeworfen und das Kind zu Tode erschreckt. Ich protestiere! Wer weiß, was er noch vorhatte.
De Weck streicht nervös über seinen Schnurrbart. Antworten Sie, Brülhart! Gab es einen Grund, die Vorschriften zu missachten?
Samuel schweigt und stiert auf seine Schuhe; wenn sie sich doch verlängern würden, wenn sie Kufen bekämen, zwischen allen Feinden würde er sich durchschlängeln, zur Grenze hin.
Maman, fragt Maria zwischen zwei schwächer werdenden Schluchzern, hat der Soldat denn etwas stehlen wollen? Muss er nun ins Gefängnis?
Ich weiß es nicht, antwortet Rosa.
Aber bestimmt!, widerspricht die Balabanoff; sie sieht, in ihrem zerschlissenen Nachtgewand, wie ein hasserfüllter Gnom aus.
Es ist nichts Unrechtes geschehen, Herr Leutnant, sagt Helene. Er hat nichts und niemanden angetastet. Ich hatte den Eindruck, dass er im Schlaf wandelt. So heißt es doch auf Deutsch, nicht wahr?
De Weck zieht hörbar den Atem ein. Umso schlimmer für ihn. Auf der Wache einzuschlafen ist ein strafwürdiges Vergehen. Er wendet sich wieder an Samuel. Haben Sie etwas zu Ihrer Rechtfertigung vorzubringen?
Samuel schweigt; die Wörter des Leutnants prallen an ihm ab, fallen zu Boden wie taube Nüsse.

Kommen Sie mit! De Weck schnippt mit den Fingern; Samuel folgt ihm automatenhaft. Man weicht auseinander, lässt sie in den Gang hinaus. Das Getuschel hinter ihnen holt Samuel ein wie Wellengekräusel; nein, schwimmen will er nicht, einfach auf dem Trockenen dem Leutnant folgen, treppab, und plötzlich ist man in einem andern Zimmer und wird verhört: Haben Sie etwas mit der kleinen Russin? Hat sie Sie zu sich eingeladen? Mir können Sie's sagen, sagen Sie's doch! Das Gesicht des Leutnants, Zentimeter von seinem entfernt, Schweißperlen auf der Stirn. Sie sollen ja äußerst freizügig sein, diese Weiber. Und Sie wollten sich das zunutze machen, wie? Samuel weiß keine Antwort, er hat nichts zu sagen, sein Glückskonto ist aufgebraucht. Und dann wieder de Wecks Anschnauzton: Sie sind ein sturer Bock, Brülhart, Sie leisten passiven Widerstand, das ist mir schon lange aufgefallen. Was ist mit Ihnen los?

Ja, was ist mit Samuel los? Er schwimmt noch obenauf, wird aber bald versinken; wer hätte gedacht, dass es so weit mit ihm kommen würde.

Der Leutnant geht auf und ab mit kleinen, trommelnden Schritten, und Samuel erkennt störende Synkopen darin.

Nun gut, sagt de Weck, ich werde Sie bestrafen, und zwar mit drei Tagen scharfem Arrest. Sie kennen das Prozedere. Seien Sie froh, ich könnte Sie dem Divisionsgericht melden, da würden Sie härter angefasst. Den Rest der Nacht können Sie noch bei der Mann-

schaft verbringen, jemand wird Sie auf der Wache ersetzen. Sein Gesicht, nun wieder dicht vor Samuel, löst sich auf in lauter Einzelteile, in Nase, Ohren, Augen, die sachte auseinander driften. Es tut mir leid für Sie, Brülhart. Ich hätte Sie lieber geschont, aber jetzt ist die Sache sozusagen öffentlich, da bin ich zum Handeln verpflichtet. Abmelden!
Samuel kann sich erst nicht bewegen und dann doch; er legt die Hände, die ja bloß zwei flachgeklopfte Fleischstücke sind, an die Hosennaht, ergreift die Laterne, die irgendwo steht, schlurft hinaus, findet sich nicht mehr zurecht.
Nach links!, ruft de Weck ihm nach.
Samuel dreht sich um; beinahe stößt er mit Mülhauser zusammen, der, von draußen kommend, fragt, was all die Aufregung bedeute. Der Leutnant befiehlt ihm, Samuel zu seinem Schlafplatz zu führen und für die zweite Wachstunde jemand andern zu wecken. Und er solle auf keinen Fall vergessen, Samuels Waffe zu entladen; die disziplinarische Strafe trete erst nach der Tagwache in Kraft.
Mülhauser führt Samuel gehorsam die zwanzig Schritte zum Saal hinüber. Was hast du denn getan?, fragt er verstört.
Nichts, entgegnet Samuel, nichts.

14. November 1918, morgens

Samuel blieb wach; in hundertfacher Variation spielte sich die Szene vor ihm ab. Er kniete vor dem Bett, und Helene lud ihn ein, sich zu ihr zu legen, er kniete vor dem Bett und berührte ihre Brüste, oder küsste sie auf den Mund; sie hatte ihm ja versprochen, ihn zum Abschied zu küssen. Aber immer begann Maria zu schreien, stand plötzlich de Weck in langen Unterhosen vor ihm. Es fiel ihm gar nicht ein, dass er's hätte unterlassen können, ihr Zimmer zu betreten; unentrinnbar hatte er sich auf sie zu bewegt und war in einen Trichter gefallen, auf dessen Grund er nun zappelte. Keinem konnte es gelingen, die glatten Wände emporzuklettern; und was für einen Sinn hätte es zu fliehen, wenn man doch schon halbtot war vor Scham? Er warf sich im Stroh hin und her; die Halme stachen und juckten. Wenigstens hatte sie gelächelt, ihn sogar zu retten versucht.
Endlich war Tagwache. Der Weckruf schallte durch den Saal; die Nebenleute gähnten, zogen ihre Nagelschuhe zu sich heran. Laternen wurden angezündet, Schatten schwankten über Wände und Decke, vereinigten sich vor Samuels Augen auf groteske Weise. Die ersten gingen hinaus zum Brunnen; Riedo tauchte verschlafen auf, um die Männer für den Morgenrapport beim Leutnant zu zählen. Mehrere

wussten schon, was in der Nacht passiert war, die andern erfuhren es bald. Mauron stieß Samuel mit dem Ellbogen listig in die Seite. Wenigstens hast du's versucht, raunte er ihm zu. Doch sonst mied man Samuel wie einen Aussätzigen. In der Wirtschaft setzte er sich mit seinem Stück Brot und dem Becher Kaffee auf den Platz von gestern, ekelte sich vor dem Tisch mit den eingetrockneten Bier- und Weinflecken. Auch jetzt kam keiner Samuel zu nahe; die Gespräche blieben gedämpft, doch nicht nur seinetwegen.

Korporal Riedo kehrte vom Leutnant mit den nötigen Instruktionen zurück; kopfschüttelnd schaute er Samuel an. Die Wolldecke bringst du selber mit, das weißt du ja, sagte er über den Tisch hinweg zu ihm.

Samuel nickte, kaute am Brot herum, zwang sich zum Schlucken. Er hatte noch Zeit, sich die Zähne zu putzen, den Abort auf der Rückseite des Hauses, der für die Mannschaft bestimmt war, aufzusuchen. Er nahm einen Kübel Wasser und eine Laterne mit, schloss sich im Holzhäuschen ein, wo's wärmer war als draußen; wie hilflos sieht man aus, wenn die Hose in Falten auf den Schuhen liegt und die Waden wie behaarte Pfähle aus dem Wulst wachsen. Er hatte Durchfall; in seinem Magen gurgelte es unaufhörlich. Neben ihm lag zerschnittenes Zeitungspapier; er las: *Schützen Sie sich vor Ansteckung durch den Gebrauch von Carbol-Seife.* Weiter unten wurden Wohnungseinrichtungen für Brautleute angepriesen: *Hochmo-*

dernes Schlafzimmer mit Intarsien, Waschkommode mit Hochmarmor und Spiegelaufsatz. Nein, daraus würde nichts werden; seine Zukunftsaussichten waren dahin.

Jemand polterte an die Tür, steckte einen Finger durchs Lüftungsloch: Mach vorwärts, da drin, auch andere müssen scheißen!

Samuel stand auf, tat, was nötig war, kippte das Wasser ins Loch; aber den Gürtel verschlaufte er nicht mehr, wie's Vorschrift war. In der Mannschaftsunterkunft rollte er die Wolldecke zusammen, überreichte Riedo, der ihn erwartete, den Gürtel, die Schuhbändel, die Hosenträger; er ging, die Hosen am Bund festhaltend, mit ihm hinaus auf den Vorplatz, wo die Männer sich neben den parkierten Automobilen in zwei Gliedern versammelt hatten. Samuel stellte sich, im vorgeschriebenen Abstand, neben sie. Sein Magen rebellierte; er mühte sich ab, die Wolldecke nicht fallen zu lassen und gleichzeitig die Hosen festzuhalten.

Auf den Glockenschlag genau betrat der Leutnant den Platz; es war nun hell genug, um zu sehen, dass seine Offiziershosen aufgebügelt waren, die Falten über den makellos gewichsten Stiefeln wieder streng nach vorne standen.

Korporal Riedo meldete ihm salutierend das in Achtungstellung erstarrte Détachement; Samuel bemerkte, dass sich im ersten und zweiten Stock Fenster öffneten.

Der Leutnant salutierte ebenfalls und fragte nach dem Bestand.
Sechsundzwanzig Mann, sagte Riedo, davon drei in die Küche abdétachiert, vier auf der Krankenliste, einer ausgebucht.
De Weck nahm's mit unbewegter Miene entgegen. Er verkündete den Tagesbefehl: Exerzieren, Materialkontrolle, strengste Bewachung der Russen und des Parkplatzes; er hoffe, der Grenzübertritt der sowjetischen Mission werde spätestens am Abend erfolgen. Dann wandte er sich dem Fall Brülhart zu. Er müsse leider, sagte er in seiner überartikulierten Sprechweise, ein Wachvergehen ahnden; Füsilier Brülhart habe die Vorschriften verletzt, sei grundlos in die Intimsphäre russischer Damen eingedrungen. Füsilier Brülhart zeige sich uneinsichtig und werde deswegen, mit Einwilligung von Major Tissot, zu drei Tagen scharfem Arrest verurteilt, die er, sofern man früher aufbreche, andernorts in voller Länge absitzen müsse. Der Fall Brülhart, schloss er, solle allen zur Warnung dienen; der Dienstbetrieb dulde keine Nachlässigkeit.
Samuel hatte, geführt von Riedo und flankiert von zwei verstohlen grinsenden Soldaten, die Reihe abzuschreiten; er musste versuchen, mit ihnen im Gleichschritt zu bleiben, obschon er dauernd auf die Hosensäume trat und ins Stolpern geriet. Als er kurz den Kopf hob, glaubte er am Eckfenster im zweiten Stock Helene zu sehen. Winkte sie ihm zu? Es war immer noch so dämmrig, dass alles ungewiss und verwech-

selbar blieb. Samuel schaute gleich wieder auf die Pflastersteine; sich Helene dort oben, als Zeugin seiner Schmach, vorzustellen, war fast nicht zu ertragen. Sie brachten ihn zu einem der Gasthofkeller; sie gingen glitschige Stufen hinunter, öffneten mit einem Schlüssel die Eichentür. Der Gestank nach faulenden Kartoffeln verschlug Samuel beinahe den Atem. Der Keller war zur Hälfte leergeräumt. Auf der freien Fläche, neben den Gestellen mit den Kartoffeln, lag eine alte Rosshaarmatratze; daneben standen Krug, Nachttopf und Wassereimer. An einem Haken hing eine Petrollampe, die jemand schon angezündet hatte; dazu sickerte von einer Luke ein wenig Licht herein.
Samuel schaute sich um, legte die Decke auf die Matratze, setzte sich.
Wir haben's dir so komfortabel wie möglich eingerichtet, sagte Riedo mit belegter Stimme. Willst du die Bibel oder das Dienstreglement?
Samuel schüttelte den Kopf. Papier und Bleistift, wenn's geht. Ich möchte schreiben.
Tut mir leid, sagte Riedo, Schreibutensilien sind nicht erlaubt, das weißt du doch.
Selbstmordgefahr, feixte einer der beiden Begleiter, stach sich mit dem Finger in den Hals und röchelte übertrieben; der andere lachte.
Sie ließen ihn allein; der Schlüssel drehte sich quietschend im Schloss. Man müsste das Schloss ölen, dachte Samuel. Er legte sich hin, wickelte sich in die

Wolldecke; er blickte zur Petrollampe hinauf, schaute die Flamme an, die im Glaszylinder zuckte, die Sandsteindecke, deren Buckel und Risse der Lampenschein hervorhob.
Ich bin angekommen, dachte er mit schmerzhafter Genugtuung, hierher gehöre ich, in einen Kartoffelkeller; hier werde ich verrotten und für nichts mehr verantwortlich sein.
Er versuchte mit den Händen Schattenfiguren auf die gegenüberliegende Wand zu werfen, einen Hasen, einen Wolf mit aufgerissenem Rachen; das hatte er oft geübt, wenn er zu Hause beim Schein der niederbrennenden Kerze in der Kammer lag und nicht einschlafen konnte. Er hatte Julia mit seinen Erfindungen erschreckt und entzückt; er hatte ihr Schattenkämpfe vorgeführt, bei denen sich Raubtiere gegenseitig verschlangen, und sie hatte, um nicht zusehen zu müssen, ihr Gesicht an seine Schulter gepresst. Jetzt war sie verlobt mit Erwin, dem Tänzer, dem Zimmermann, der es wagte, auf einem Bein über den Dachfirst zu balancieren; auch Bruder und Schwester werden sich untreu, das Leben will es so.

14. November, Rest des Tages

Die Stunden vergingen, die Lampe erlosch; die Helligkeit von der Luke genügte gerade, um die Dinge unterscheidbar zu machen. Samuels Hände schufen keine Figuren mehr, sie wurden erst wieder lebendig, als er Musik in seinem Kopf zu spielen begann und auf imaginäre Tasten drückte. Er summte die obere Stimme der Bach'schen Inventionen, dann die untere, dachte sich jeweils die andere dazu; doch manchmal durchkreuzten sich die beiden Stimmen auf verworrene Weise, es entstand eine Kakaphonie, die allen Harmonien widersprach, und auch wenn er den richtigen Schlussakkord spielte, hallten die Dissonanzen in ihm nach. Manchmal aber sah er nur ein Roggenfeld vor sich, in jenem vorsommerlichen Blaugrün, das für ihn h-Moll bedeutete; das Feld wellte sich leicht unter dem Wind; die Wellen glitten schimmernd darüber hinweg, nicht anders als es am Meer sein musste. Es gab weder für die Farbe des unreifen Roggens noch für den flüchtigen silbernen Schimmer der unreifen Ähren die richtigen Wörter. Vielleicht gab es die richtigen Töne; er hatte, es war ihm so klar wie nie zuvor, bloß die Sehnsucht, sie zu finden, nicht aber das Talent dazu.

Immer wieder Julia, das unfertige Gesicht der kleinen Schwester. Wenn es zerfloss und verschwand, tauchte

an seiner Stelle Helenes Gesicht vor ihm auf, ganz anders als Julia, wie ein präzis modellierter Widerspruch zu ihr. Die Augenbrauenbögen sah er vor sich, die hohe Stirn, die Ohrläppchen, die Nase; nur an ihren Mund, an ihre Lippen erinnerte er sich zu wenig genau. Es quälte ihn, dass es ihm nicht gelang, ihre Lippen nachzuzeichnen; hätte er sie einmal, wenigstens einmal berührt mit seiner Fingerkuppe, wäre die Form seinem Gedächtnis eingeschrieben gewesen. Geräusche brandeten von draußen gegen die Kellermauern; Samuel hörte Taktschritte, Befehlsgeschrei, Pferdewiehern; ein Automotor wurde angeworfen; bisweilen drang durch die Luke Vogelgezwitscher, der Ruf des Dompfaffs, ein insistierendes Djüdjü.
Einer brachte ihm das Mittagessen, einen dünnen *Pot-au-feu* in der Gamelle; er war ein Bauernsohn wie Samuel, bekannt als Vielredner und Sprücheklopfer. Ob Samuel das Neuste wissen wolle: Das Oltener Komitee habe kapituliert, die gesamte Streikleitung sei verhaftet worden; von ihm aus könne man sie gleich an die Wand stellen und erschießen.
Woher weißt du das?, fragte Samuel matt.
De Weck weiß es von diesem Doktor Schwarzrock, und der hat ein Telegramm aus Bern bekommen: Streikabbruch noch heute Abend. Du scheinst dich nicht darüber zu freuen. Bist ja, wie's scheint, ein Bolschewikenfreund geworden. Er lachte hämisch, in absteigenden Halbtönen.
Samuel wollte sich verschließen gegenüber dem

Draußen; doch die Erinnerungen kehrten zurück, wie Steine aus dem Fluss auftauchen, wenn der Wasserspiegel sinkt. Er hätte fragen wollen, ob unterdessen bekannt sei, wann die Russen über die Grenze gebracht würden; aber er schwieg.
Der andere, redselig wie immer, beschwerte sich über die Exerzierwut des Leutnants und über den traurigen Fraß: Kaum ein Fäserchen Fleisch darin, mit allem geizen die, sogar mit dem Salz! Aber die Krisenzeiten sind jetzt vorbei, und wir Bauern haben die Scheunen voll, so ist es doch! Er schlug Samuel freundschaftlich auf die Schultern. Kopf hoch, Brülhart. Das stehst du durch, so schlimm ist es nicht. Dann ging er; die breite Bahn stumpfen Tageslichts, das durch die halb offene Tür in den Keller gefallen war, erlosch. Samuel hatte vergessen, darum zu bitten, die Lampe nachzufüllen; eigentlich war's ihm lieber so. Er griff nach der Bibel, die ihm Riedo doch noch ans Kopfende gelegt hatte, und schlug sie irgendwo auf; aber es war zu dunkel, um darin zu lesen. Die Gewohnheit, jeden Abend über ein paar Bibelverse nachzudenken, hatte er längst aufgegeben. Wie lange war das her? Seit die Trennlinie zwischen Gut und Böse unscharf geworden war, seit dem Erkenntnisschock, dass Gott die massenhafte Verstümmelung seiner Ebenbilder zuließ. Hinter Mauern eingeschlossen zu sein, nichts mehr zu erfahren über Greuel, Unglück, Revolution, sich nicht aufs Spiel setzen zu müssen, weder in der Liebe noch im Krieg: das war wenigstens ein Schutz.

In die Luke ist ein Klappfensterchen eingesetzt, und dessen blinde Scheibe erzählt vom Geheimnis des Lichts. Immer wieder das Roggenfeld und dieser darübergleitende Schimmer. Samuel steht in der Schulstube in seinem ältesten Hemd, versucht den aufgenähten Flicken am Ellbogen zu verbergen, doch die Schüler, die in den Bänken sitzen, lachen ihn aus. Er will ihnen die wunderbare Flüchtigkeit dieses Lichts begreiflich machen, er schreibt an die Tafel: *Silberschimmer*, doch das belustigt die Schüler noch mehr. Helene sitzt plötzlich, im tief ausgeschnittenen Nachthemd, mitten unter ihnen; er schreit in die höhnischen Gesichter hinein: Dass ein Roggenfeld schimmert, ist wichtiger als alle Revolutionen! Auch Helenes Haut schimmert an Hals und Brust, nicht silbern, aber opalfarben, perlmuttern, die Haut wird durchsichtig, Samuel sieht die Rippenbögen, die Adern mit dem durchfließenden Blut, das schlagende Herz, er sieht das Skelett, und er zerbeißt die Kreide, um das Skelett nicht an die Tafel zeichnen zu müssen. Als er erwacht, leckt er sich Tränen von den Lippen. Im Keller ist es beinahe finster; es könnte Abend sein, oder vielleicht ist draußen wieder der Nebel gestiegen.

Nacht vom 14. auf den 15. November 1918

Dann spricht ihn plötzlich eine Stimme an, ihre Stimme, Wörter fallen herein wie scharfkantige Steine.
Samuel, sagt sie, bist du da?
Helene?, fragt er. Sie hat ihn doch verlassen, nein, sie hat ihn weggeschickt; was will sie noch?
Ich knie hier neben dem Fensterchen, sagt sie, und spreche durch den Spalt. Kannst du's nicht weiter öffnen?
Nein, sagt er, es ist ein Klappfenster, man müsste die Scheibe zerschlagen.
Wie geht's dir?, fragt sie. Es ist bestimmt ungemütlich da unten. Fühlst du dich sehr allein?
Wenn's um Tod und Leben geht, ist man immer allein.
Sie schweigt einen Augenblick, antwortet dann verärgert: Jetzt nimm Vernunft an, es geht nicht um Leben und Tod. Ihre Stimme wird wieder sanfter. Morgen früh um acht werden wir ausgeschafft, das ist jetzt endgültig entschieden, und ihr kehrt nach Bern zurück.
Warum bist du überhaupt gekommen?
Um mich zu verabschieden. Ich habe dich gut gemocht. Es tut mir leid, was geschehen ist.

Samuel schweigt und schluckt, zerknüllt die Decke über seiner Brust.
Ich wollte, fährt sie fort, zu dir hereinkommen und habe versucht, den Wachsoldaten zu bestechen. Er hat mir aber nur erlaubt, durchs Fensterchen zu sprechen.
Der Streik geht heute Nacht zu Ende, sagt Samuel.
Das weißt du schon? Aber die Revolution wird siegen, bei uns und überall, die Geschichte lässt sich nicht betrügen.
Samuel redet zum blinden Fensterchen hinauf, hinter dem er einen Schatten ahnt. Ich glaube nicht an die Revolution, aber ich wäre mit dir fortgegangen.
Wohin? Von hier nach nirgendwo. Sei ehrlich mit dir, du hast dich bloß in die Möglichkeit verliebt, fortgehen zu können. Du bist keiner, der alle Brücken hinter sich abbricht ... Aber vielleicht hast du ja Recht, vielleicht kommt's auf ganz andere Dinge an. Ich bin gar nicht so radikal, wie ich mich gerne gebe.
Wie alt bist du eigentlich?, fragt er.
Sie lacht. Du willst mir also meine letzten Geheimnisse entreißen? Neunundzwanzig bin ich, uralt.
Du siehst jünger aus.
Du siehst mich ja gar nicht, sagt sie kokett, mit traurigem Unterton; ich schaue mich jeden Abend im Spiegel an und zähle die Falten im Gesicht.
Das tut Rosa sicher nicht.
Doch, sie tut es heimlich, einmal habe ich sie ertappt, wie sie ihre Schnurrbarthaare auszupfte. Aber

das sollte ich nicht erzählen. Sie ist trotzdem die bessere Kommunistin als ich.
Sie schweigen; über Samuels Kopf geht jemand herum; ein Hund bellt wütend.
Ich werde dich nicht abfahren sehen, sagt Samuel. Aber ich werde an dich denken. Und vielleicht hörst du den Zug, dann denk auch an mich. Nachher holen sie dich bestimmt heraus.
Am Waldrand hattest du Angst vor der Rückkehr. Hast du jetzt keine mehr?
Samuel hört Schritte, eine leise Männerstimme.
Ich muss gehen, sagt Helene, in drei Tagen bin ich in Moskau, mein Mann ist schon dort. Wollen wir uns schreiben? Ich weiß aber nicht, ob die Post funktioniert.
Dein Mann? Samuels Brust schnürt sich zusammen, er hat das Gefühl, ersticken zu müssen.
Sag mir deine Adresse, ich behalte sie im Kopf.
Du bist verheiratet … warum hast du … Die Stimme versagt ihm; jetzt bin ich auf dem Grund angekommen, denkt er, durch Betrug und Verrat gefallen, bis auf den tiefsten Grund.
Helenes Lachen hat einen falschen Klang. Verheiratet oder nicht, was spielt das für eine Rolle in einer kommunistischen Gesellschaft? Kein Mensch ist des andern Eigentum.
Geh jetzt, sagt er, geh.
Ich wünsche dir alles Gute, flüstert sie, wirklich, das wünsche ich dir.

Der Zorn klang lange nicht ab. Er stampfte auf der Matratze herum, er beschimpfte Helene mit unflätigen Ausdrücken, über die er selber erschrak; er verwünschte seine Naivität, und zugleich hasste er sich für sein Selbstmitleid, dem er sich ausgeliefert fühlte wie damals dem steigenden Wasser in der Senseschlucht.

In der Nacht glaubte Samuel, er bekomme die Grippe. Kopf, Arme und Beine schmerzten ihn, als würden sie zersägt, seine Lungen stachen, seine Stirn glühte, er schwitzte, warf die Decke ab; sogleich gefroren seine Füße zu Eis, und sein Puls, den er am Handgelenk ertastete, flatterte. Er würde sterben; man würde ihn ins Lazarett bringen, man würde ihn am Bodensee begraben und zu seinen Ehren eine Salve abfeuern; nie würde Helene von seinem Tod erfahren. Er trank Wasser aus dem Krug, spuckte es wieder aus, denn es hatte einen metallenen Geschmack. Später rief er nach Riedo, schrie sich heiser, bis die Wache kam und den Bataillonsarzt alarmierte; der traf um Mitternacht ein, zur Stunde des Streikabbruchs. Er diagnostizierte eine hysterische Erschöpfung, verordnete ein starkes Schlafmittel. Dann fuhr er zum Stab zurück.

15. November 1918

Man ließ Samuel bis acht Uhr schlafen; da hatte der Zug mit den Russen schon die Grenze passiert. Die Wache, begleitet von Riedo, brachte ein kräftiges Frühstück mit Schwarzbrot und Käse. Samuel fühlte sich verkatert wie nach einem Rausch; aber er lebte, hungrig biss er ins Brot und staunte darüber, dass es ihm schmeckte.

Kerklin, sagte Riedo, habe sich bis zuletzt gegen die Abschiebung gewehrt, immer wieder habe er sich auf sein Schweizer Bürgerrecht berufen, er habe getobt, um sich geschlagen, geschluchzt; vier Mann hätten ihn schließlich überwältigt und zum Waggon geschleift; und die Balabanoff, deren Gepäck aus Zürich nicht angekommen sei, habe geschimpft wie ein Rohrspatz und der Schweiz einen neuen Lenin gewünscht. Damit sei aber nichts; Grimm und Konsorten würden länger in Haft bleiben als Samuel. Mit den andern Russen habe es keine Probleme gegeben; der Botschafter habe sich bei der Mannschaft für die gute Behandlung bedankt, und beim Abschied habe man sich zugewinkt wie unter alten Freunden.

Wenig später wurde Samuel freigelassen; ein milde gestimmter Major Tissot hatte ihn, auf Jacobs Fürsprache hin, begnadigt. Unmittelbar nach der Ab-

fahrt des Sonderzugs hatte Jacob übrigens ein Telegramm an den Legationsrat Paravicini gesandt, das nur zwei Wörter enthielt: *Mission terminée.*
Samuel nahm seinen Platz in der Mannschaft wieder ein. Für die Rückfahrt brauchte der Konvoi bloß neun Stunden. Im Land herrschten Ruhe und Ordnung; die Gefahr des Bürgerkriegs war gebannt. Wer noch gesund war, den würde die Grippe verschonen. Hieß es nicht, sie klinge endlich ab?

Epilog

Ein paar Tage später wurden die Freiburger Truppen entlassen. Der Landesstreik hatte nur wenige Tote gefordert, die Grippe Tausende. Allein bei den Ordnungstruppen waren 923 Soldaten gestorben. Die bürgerliche Seite machte dafür den Streik verantwortlich, der es nötig gemacht habe, so viele Männer auf engem Raum der Ansteckung auszusetzen; die Sozialdemokraten beschuldigten Bundesrat und General, durch das unnötige Aufgebot die Wirkung der Grippe vervielfacht zu haben.

Samuel Brülhart kehrte heim in sein Dorf. Er heiratete im Januar 1919 Martha Aebischer, die in den nächsten zehn Jahren sechs Kinder gebar. Samuel blieb Lehrer auf der Oberstufe, war sonntags Organist; er wurde in den Gemeinderat gewählt, wirkte zwischen 1927 und 1935 als Gemeindeammann. Das Meer sah er nie; mit dem Turnverein unternahm er mehrere Reisen, von denen eine ins Elsaß, eine andere an den Genfersee und hinüber nach Evian führte.

Elena Gogobaridse blieb, als Übersetzerin und Protokollantin, bis zu Lenins Tod im Umkreis des Politbüros; danach taucht ihr Name nur noch sporadisch auf. Ihre Spur verliert sich in der Zeit der stalinistischen Säuberungen.